南方有嘉木

◉楊明／著

聯合文叢 751

目次

【推薦序】

流亡「生」文學

單德興（中央研究院歐美研究所特聘研究員）

「過去從未逝去，它甚至從未過去。」——威廉．福克納

流亡「生」文學？

一九四五年中華民國好不容易贏得八年對日抗戰，旋即陷入國共內戰。山東是雙方最早出現拉鋸的省分，有些地方甚至出現「三進三出」的情形，不少人親眼目睹共軍佔領區土地改革與鬥爭地主的場面。由於抗戰時期山東籍李仙洲將軍在他省創辦成城中學／國立第廿二

中學收容家鄉子弟，[1]於是教育界有意遵循前例，帶領學生流亡他鄉。家人雖然不捨，但為了子女的安全與發展，不得不放手讓他們出外，待局勢平穩後返鄉重聚。然而國軍兵敗如山倒，「超前部署」的山東流亡學校得以一路南下，渡海來台，以致「流亡學生」成了「山東」的專有名詞——即使沿途也收容了少數其他省籍的學生。

山東流亡學生自一九四八年十月離開故鄉，一路走走停停，不知何去何從，終於決定渡海來台，八所中學分兩批於一九四九年六月下旬與七月上旬抵達澎湖漁翁島（今西嶼）與馬公。七千多名師生驚魂甫定，正慶幸脫離戰火，誰知厄運守候在前，先後發生三個事件，成為這群師生終身難忘的集體創傷。首先是「澎湖七一三事件」，五千多位年長個高的男生，在軍方武力脅迫下棄筆從戎，女生與小男生就讀澎湖防衛司令部子弟學校；其次是「山東流亡師生冤案」，煙台聯中張敏之總校長與鄒鑑校長為維護學生受教權，多方奔走，四處求援，觸怒軍方，遭嚴刑羅織匪諜罪名，十二月十一日兩位校長與五位學生在台北馬場町遭槍決，成為台灣戒嚴時期首起重大冤案；第三是「台中四二五事件」，被迫從軍卻久久不得退伍者，

1 一九四一年於安徽阜陽創辦成城中學，一九四二年易名國立第廿二中學，一九四四年遷往陝西。

一九五五年三月於鳳山陸軍步兵學校發動示範營罷操事件，四月數百名現役軍人於台中火車站前靜坐請願，引發秋後算帳。此三案牽連之廣，影響之巨，使得山東流亡師生在一九四九年上百萬自大陸來台者中顯得特別突出。[2]

整整七十五個年頭過去了，當年的青青學子許多已辭世，在世者也年登耄耋。戒嚴時期他們壓抑記憶，不願多談往事，即使未曾失憶，也多年失語。直到一九九八年通過「戒嚴時期不當叛亂暨匪諜審判案件補償條例」，「山東流亡師生冤案」得到平反，昔日遭到不公審判與不義監禁者得到不同程度的補償。多方媒體重新挖掘這段歷史，不時以文字或影像重現，雖內容多所重複，且不乏以訛傳訛，但社會大眾多少得以認知這段隱匿多年的歷史。

---

2 除了山東流亡學校之外，另一個踏上流亡之途的是河南省豫衡聯合中學。程惠民的《小破車的一生：從紈絝子弟到國中校長》（台北：要有光，2014）、王臨冬的《回首流亡路：一九四九外一章》（新北市：聯經，2019）與瘂弦（王慶麟）的《瘂弦回憶錄》（台北：洪範，2022），分別從男女學生的角度留下第一手紀錄。綜言之，該校五千餘師生一九四八年十一月自河南南陽出發，一路顛沛流離，至湖南零陵（即柳宗元筆下的永州）停留數月，各有主張。有些人選擇返鄉。瘂弦與一些同學響應時在台灣的孫立人號召，投筆從戎，隨軍來台。跟隨學校者於一九四九年十月往西南行，途中遭共軍攔截與追擊，翻山越嶺，十二月進入法屬越南時只剩百餘人，「流亡距離最長，時間最久，折損率最高」（程惠民，頁152）。師生在越南羈留長達三年半，一九五三年六月方如願來台，多位學生加入以山東流亡學生為主的教育部特設員林實驗中學（澎湖防衛司令部子弟學校於該年二月自澎湖遷至彰化員林，並改為此名）。

儘管事發至今已四分之三個世紀，相關書寫依然相當有限。筆者寓目的資料中多為男性的自傳或回憶錄：將軍如秦德純的《秦德純回憶錄》（台北：傳記文學出版社，1967）、李振清的《李振清將軍行述》（台北：吳延環，1977）、劉安祺的《劉安祺先生訪問紀錄》（台北：中央研究院近代史研究所，1991）；師長如劉澤民的《海隅談往》（台北：山東文獻雜誌社，1997）、王志信的《前塵往事憶述》（台北：山東文獻雜誌社，1999）、周紹賢的《滄桑回顧錄》（台中：周振泰，2021）；學生如李昌民的《流亡學生》（台北：秀威資訊，2007）、黃端禮的《澎湖七一三的真相》（高雄：上鋐書庫，2011）、馬忠良的《從二等兵到教授——馬忠良回憶錄》（台北：新銳文創，2012）、陶英惠的《往事不能如煙——陶英惠回憶錄》（台北：秀威資訊，2020）、張玉法的《浮生日錄》（台北：民國歷史文化學社，2023）。

再就合集與雜誌而言，王志信與陶英惠合編的《山東流亡學校史——齊魯青年捍衛國家民族文化的義行壯舉》（台北：山東文獻雜誌社，1996）、陶英惠與張玉法合編的《山東流亡學生史》（台北：山東文獻社，2004），以及張玉法和陶英惠等人創辦的《山東文獻》雜誌，收錄的文章作者也絕大多數是男性。

比較突出的女性聲音則是高惠宇與劉臺平根據張敏之校長遺孀王培五口述整理的《十字架上的校長——張敏之夫人回憶錄》（台北：文經社，2000），以及呂培苓根據多方資料所撰寫的《一甲子的未亡人——王培五與她的6個子女》（台北：文經社，2015）。而流亡學生第二代陳芸娟根據國立台灣師範大學歷史研究所的碩士論文出版的專書《山東流亡學生研究（1945–1962）》（台北：山東文獻雜誌社，1998），至今已逾四分之一個世紀，仍是此領域中唯一的專書與代表作。同樣是第二代的王蘭芬，在《沒有人認識我的同學會：寫給親愛的老王》（台北：大田，2019）中，以幽默而深情的手法寫下對父親的懷念與追思。至於筆者二〇二四年編註、自印的《山東過台灣——流亡學生夫妻自傳合集》中收錄母親孫萍女士的《人海萍蹤——法粹自述》，則是個人僅見的山東流亡女學生自傳，與父親單汶先生的《泓川流蹤》成為自傳傳統中罕見的夫妻合集，並與編註者形成跨世代對話。

一九八六年齊邦媛在綜論台灣的「留學生文學」時，巧思出「留學『生』文學」一詞，揭示自一九六〇年代起台灣留學海外的作家，如於梨華、白先勇、張系國、楊牧、喻麗清、姜保真等人，他們的文學作品大都「生」自其留學的經驗與見聞。[3]相形之下，流亡學生離開故鄉來到台灣的年代早於這些離開台灣前往西方的學子，一路遭遇慘於這些有辦法（主要是）「去去去，去美國」的佼佼者，個別與集體創傷更遠甚於實現出國夢的留學生，然而至今依然罕見針對他們的遭遇痛定思痛、深入反思的文學創作。

哈金在《南京安魂曲》（台北：時報文化，2011）的繁體版序中感慨：「中華民族是個健忘的民族，許多重大歷史事件都沒有在文學中有相應的表達」（頁2）。山東流亡師生自一九四八年離鄉背井至今所遭遇的集體事件與個人故事，在文學中也欠缺相應的表達。相關作品最多的當屬昔日煙台聯中學生張放，在澎湖深受白色恐怖折磨，以親身經驗糅合見聞與想像，寫出長篇小說《天譴》（台北：三民書局，1998）與「邊緣人三部曲」（《海魂》、《漲潮時》、《與海有約》〔台北：昭明，2001〕），其創作基調由「天譴」與「邊緣人」之用語可知。楊念慈的《十姊妹》（高雄：大業書店，1961）聚焦於十位流亡女學生深厚的手足情，以及姊妹淘隨校遷台後的不同遭遇。郝譽翔的《逆旅》（台北：聯合文學，2000）

3 齊邦媛，〈留學「生」文學——由非常心到平常心〉，《千年之淚》（台北：爾雅，1986），頁149-177。

則從第二代的角度，結合身為流亡學生的父親的回憶與有限的文獻，運用文學想像，開啟人生逆旅。而郝的小說又順向催生了廖俊凱、洪儀庭、高俊耀的劇本《逆旅》（台北：狂想劇場，2023），將這段歷史搬上舞台，甚至令原作者「更深刻感到我並不只是在寫自己的家族故事而已，而是台灣社會一個活生生的切片，甚至隱喻」（頁7）。

四分之三個世紀過去了，在華文出版百無禁忌的台灣，山東流亡學生第一代的自述、第二代的書寫，甚至不限祖籍山東者的文學創作，依然為數甚少，誠為憾事。冀盼更多有心人持續探索與再現，以書寫對抗遺忘，「不容青史盡成灰」。

《南方有嘉木》

楊明身兼創作者與研究者，曾在論著《鄉愁美學——1949年大陸遷台作家的懷鄉文學》（台北：秀威資訊，2010）中寫道：「外省第一代註定失去了故鄉，他們在年輕時離家，數十年後終於得以返鄉，而家鄉的人事景物都變了，他們再也回不去，回不去故鄉，也回不去已然消失的青春時光。這一份無奈與傷痛，也對第二代產生了潛移默化的影響」（頁211-

212）。祖籍山東的她，在開放探親後頗有所感，寫下小說《雁行千山》（台北：麥田出版，1994），並如此自評：「藉著候鳥終將飛回出生地的習性，比喻離家者的心情，是外省第二代作家寫作懷鄉文學的典型之一」（《鄉愁美學》，頁197）。

《雁行千山》寫的是一九四九年來台者的懷鄉與返鄉，《南方有嘉木》則直面山東流亡學生的集體創傷及前因後果，集中於這批學生如何在南方台灣尋得棲身之地，落地生根，開枝散葉。置於屈指可數的流亡學生文學作品中，此書的意義明顯可見。

全篇描寫家境優渥的女主角沈語燕於一九四八年加入煙台聯中，年方十二的她帶著「出遊的喜悅」，渾然不知「流亡的悲苦」。讀者隨著女主角看到流亡之路的艱辛，學生的不同遭遇，女同學間的深厚情誼，讀書就業，戀愛結婚，生兒育女，返鄉探親，退休後召開同學會……

《南方有嘉木》的首要特色在於：這是一部以「後記憶」為基礎的文學創作（後記憶，“postmemory”，為猶太裔美國學者賀許〔Marianne Hirsch〕的用語）。楊明身為流亡學生第二代，運用來自第一代的記憶、口述、文字、圖像、影音等資料，建構出這部長篇小說，既有深厚的個人情感與家族記憶，又不受限於前輩的記憶與史實，而以文學的手法綜合多方素材，創造出具有代表性的人物與事件，以期達到最佳的藝術效果。

與（後）記憶密切相關的就是書中綿延數代的家族連結與歷史意識。作者從女主角身為山東煙台老家爺爺奶奶鍾愛的孫女、父母親的掌上明珠寫起，因時局動盪而不得不以十二歲之齡離鄉背井，一路隨校南下，渡海來台，求學、就業、戀愛、結婚、生兒育女、含飴弄孫，從一九三〇年代一路寫到二〇一〇年代。前後八十年四代中，沈語燕成了連結兩岸的關鍵性「遷台第一代」與「來台一世祖」。書中不僅呈現了大時代中的個人、家族四代，也具體而微地再現了山東流亡師生，以及一九四九年來台者與他們的後代。

此書另一特色就是女性觀點。從女作家的角度，透過以母親為原型的沈語燕，由為人孫女、女兒、妻子、以至人母的經歷，揭示山東流亡學生中罕見的女性面向。筆者所知另一有關山東流亡女學生的長篇小說就是楊明之父、小說家楊念慈早年之作《十姊妹》，書中提到十位姊妹淘住讀的中等學校，「大部分學生是從大陸逃亡來台，由政府安置收容」（頁1）。就這層意義而言，楊明既繼承了父親在六十多年前開拓的方向，又以女作家的身分，以沈語燕為焦點，訴說一同流亡的男女學生與老師的遭遇，對女性角色以及她們之間的互動著墨尤深。

這些師生既以「流亡」為名，特徵就是濃郁的流亡情感與異乎尋常的凝聚力。一路由山東到湖南、廣東，再渡海到澎湖、台灣，學校、師生以及同學之間出現獨特的「三化」現象：「學校家庭化，師長父兄化，同學兄弟（姊妹）化」。患難之交相濡以沫，縱然不免有誤會、矛盾，或者感情不順遂、工作不稱心，但彼此之間維持著同舟共濟、休戚與共的情誼，終生不渝。

流亡學生來台是確鑿的歷史事件，見證者眾，因此作者在撰寫時務必有所本，不能偏離史實，方具說服力。然而處在相同的大環境下，各人的秉性與遭遇不同，共相殊相雜陳，繁複多元，史實與記憶不及處則濟之以想像。如何精挑細選，排列組合，經由角色塑造與情節安排（包括把現實中父母的戀情化入小說中），予以充分呈現，在在考驗著作者的想像力與創造力。藉由虛實相間，作者力圖遵循史實以求其真，擷取各方精華以求其美，又能表現出同甘共苦的人性之善。

全書以「山東流亡師生冤案」為背景與潛文本（subtext），透過描寫流亡學生力圖維持求學初衷，完成學業，在各自崗位上奉獻於國家社會（許多獻身於教育界，從軍者有幾位擔任高階將領），向當年的師長致謝與致敬。這種書寫既是被壓抑者的回歸（the return of the repressed），經由直面並袒露昔日創傷以尋求療癒，也如福克納（William Faulkner）在《修女安魂曲》（*Requiem for a Nun*）中所言，「過去從未逝去，它甚至從未過去」（"The past is never dead. It's not even past."），選擇坦然面對過去，以史為鑑，審視並觀照現在，進而期待打造出更公義、多元、平等、包容的未來。如此看來，《南方有嘉木》也帶有安魂、寬容、和解與超越的意味。

俗話說「一方水土養一方人」，飲食反映著一地的風土人情。楊明曾是「以敘美景、嚐美食為工作內容的旅遊記者」，撰有《酸甜江南》（台北：九歌，2014）、《路過的味道》（台北：二魚文化，2014）與《情味香港》（台北：聯合文學，2019）。《南方有嘉木》中即便是寥寥幾筆對景觀與烹調的描述，都生動表露來到異地的新鮮好奇及故鄉之思，尤其藉由記憶復刻故鄉飲食，以撫慰舌尖上的鄉愁。

特別值得一提的就是雙鄉情懷。流亡學生離鄉背井，在台灣定居逾七十載。大陸是所來的故鄉，有著幼時家庭的溫暖、長輩的溫情、親友的溫馨與美好的回憶，尤其在兩岸隔絕、音訊渺茫的數十年間，更是朝思暮想、魂牽夢縈之所在。台灣則是安居落戶、白手起家、生兒育女、一手打造的家園。隨著時間的遞嬗、風土的薰陶、家庭的建立、人際關係的拓展，日久他鄉變故鄉，故鄉卻又似他鄉，許多人在返鄉探親後更認定台灣是家鄉，選擇做為安身長眠之地。

良禽擇嘉木

女主角名為語燕，延續《雁行千山》中的飛鳥意象，書中多次提到燕子，讓我聯想到同為流亡學生的先母在我幼時常誦念的白居易〈燕詩示劉叟〉：「燕燕爾勿悲，爾當返自思。思爾為雛日，高飛背母時。當時父母念，今日爾應知。」然而當年拜別雙親、逃難離鄉時，焉知一別即是永訣，終未盼得與兩老重聚，抱憾終身。語燕返鄉時，物換人非，窮極一生無可奈何離散之苦、懷念之心與孺慕之情，也只能盼望將缺憾還諸天地。

主張以記憶對抗遺忘的米蘭．昆德拉（Milan Kundera）在《小說的藝術》中指出：「一部小說如果沒有發現一件至今不為人知的事物，是不道德的。認識，是小說唯一的道德。」（“A novel that does not discover a hitherto unknown segment of existence is immoral. Knowledge is the novel’s only morality.”）《南方有嘉木》志不在說教或宣揚道德，然而運用虛實相間的手法，發掘至今仍罕為人知的事物，讓世人得以認識、知曉其中的幽微曲折。身為流亡學生第二代的楊明，以特定的敘事視角，立體的人物塑造，精確的語言，生動的對話，溫厚的情感，跌宕起伏的情節，來追憶、反思與再現來台第一代的個人遭遇、家族歷史、集體創傷，以女性的角度生動呈現大時代中渺小庶民不為人知的故事，其中自有其道。

南方有嘉木，北方為故鄉，良禽擇木而棲，思鄉之念不斷，此乃人之常情，宜以哀矜與同理之心看待。對擁抱雙鄉情懷者，南北原本並生，故鄉家鄉共存，兩者在個人生命中都具有獨特的感情與意義，此書恰為見證。

二〇二四年八月五日

台北南港

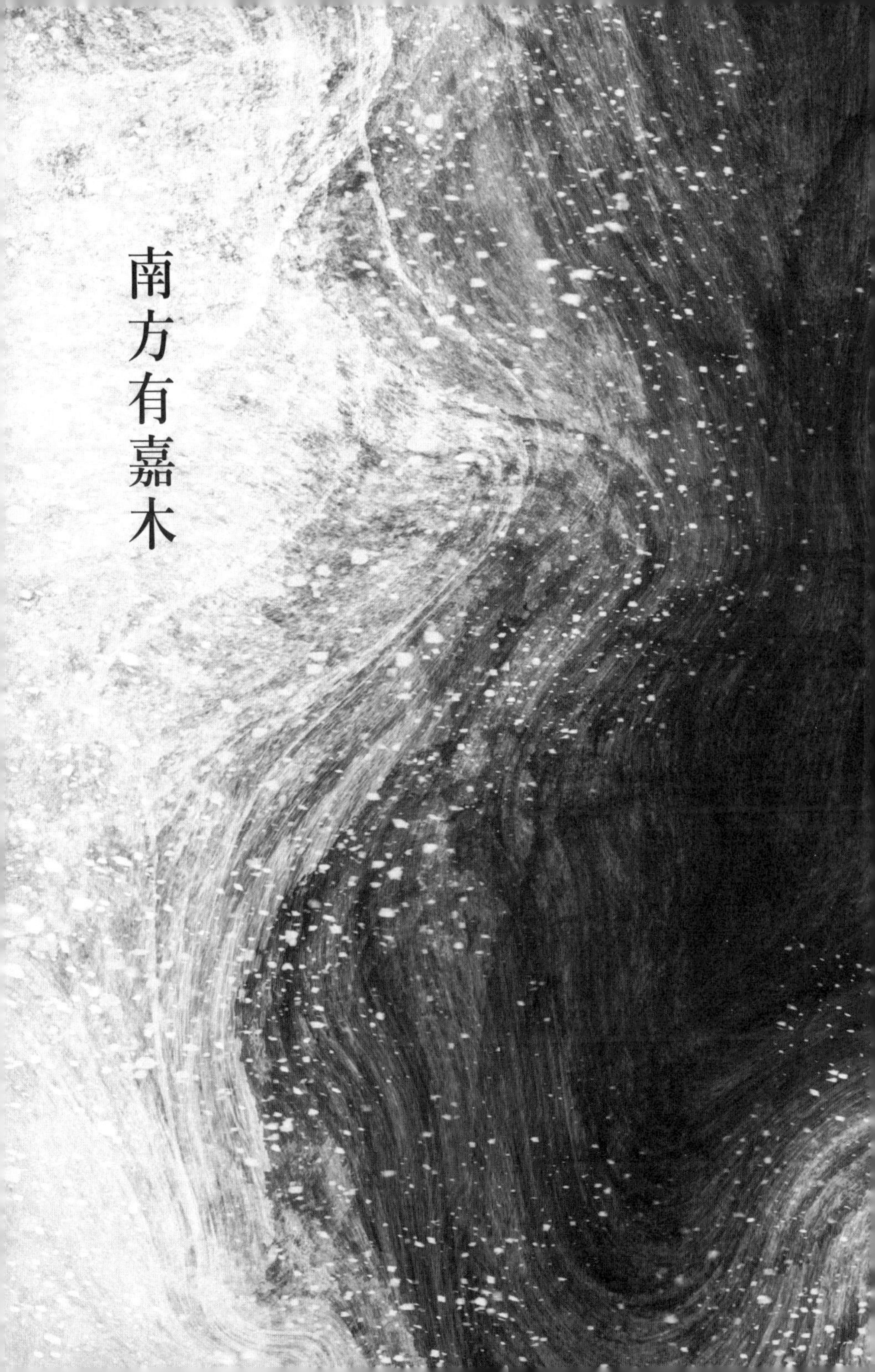

南方有嘉木

遲日江山麗，春風花草香。
泥融飛燕子，沙暖睡鴛鴦。
江碧鳥逾白，山青花欲燃。
今春看又過，何日是歸年。

青灰磚書房裡，向南的木窗下有張几檯，檯子上平鋪著一張月白色的宣紙，紙上墨跡深濃的寫著杜甫的詩句，小女孩在一旁望著：「寫的什麼呢？」

「字還沒乾，小心別碰髒了。」爺爺說：「寫的是春天呢，你看你的名字也在裡面。」說著指了指紙上的燕字，小女孩專心瞅了瞅，手指依樣在空中畫著，心裡想，燕子可以飛到很遠的地方吧，遠到望不見，搆不著。

楔子

語燕出生時房簷的小燕子剛長成，正學飛，吱吱啾啾叫喚著，語燕的爺爺著一襲細麻夾衫站在廊下看燕子飛舞，那是初夏時節，晨起傍晚都還透著涼意，燕子穿梭在屋旁一棵櫻桃樹的枝葉間，樹上的花早謝了，結了許多果子，果子初轉紅，十分鮮豔熱鬧，聽老二媳婦來說，嫂子生的是個女兒，沈老爺子便說：取名語燕吧。

語燕並不是爸媽第一個孩子，她有一個哥哥，家裡男孩的名字是照族譜排的，女孩不排序。三歲的時候，她和大她兩歲的哥哥一起染了病，那病來得凶險急迫，大夫來瞧吃了藥也不見好，一個算命的經過，和家裡人說：「這兩個孩子只得留一個。」語燕知道，若不得已讓母親選，母親會捨她選哥哥，雖然母親是愛她的，但是老觀念男孩對家族更重要。

嬸嬸看著情況不好，悄悄來問：「我們燕兒喜歡什麼顏色？嬸兒給燕兒作套新衣裳。」

語燕認真地選了粉紅色，還叮囑要有蕾絲花邊，嬸嬸答應了。語燕不知道那是為她準備壽衣，衣裳做好了，語燕沒走，走的是她哥哥。語燕的病好了，穿上新衣裳，後來媽媽又生了兩個弟弟，漸漸地大家都不提語燕的哥哥，就連語燕也忘了，有時被弟弟吵得煩不過，或者出去受了人欺負，她才會想起，到底是有哥哥比弟弟好些。

語燕眉眼秀麗，皮膚白皙，長到七八歲，一頭濃密的黑髮編成兩條麻花辮，肩上甩呀甩，一看就是個美人胚。語燕也愛美，喜歡漂亮的衣裳鞋襪，頭髮上別的珠串髮夾，辮子上紮的緞帶蝴蝶結。一天下了課，學校裡有同學說下課後要去煙台戲院看戲，語燕沒去過，好奇問：「有什麼好看的？」

同學說：「演的故事精彩，臺上的人穿戴的也講究，可有意思，要不你跟我們去看看。」

「可我沒有錢。」語燕為難地說。

「我們也沒錢，只去看看不用錢，吃花生果子才要錢。」

真不要錢嗎？語燕心裡狐疑著，但是在好奇心的驅使下，她還是跟著去了。同學們到了戲院門口，等有大人進去時就跟著一起混進去，四五個小孩一呼嚕竄入，戲院的人也不是沒發現，只是一來和氣生財，另外也圖個熱鬧，便也就讓幾個孩子混進去吧。頭一回進戲院，語燕看什麼都覺得新鮮，見到花月蘭穿戴華麗精緻，心裡更滿是羨慕，回來後還念念不忘。

一天家裡大人問孩子：「長大後想做什麼？」有人說醫生，有人說大老闆，語燕說花月蘭，大人先是詫異，接著抿嘴偷笑，低聲說，怎麼想當戲子？語燕正要說花月蘭有多漂亮時，一向疼她從沒打過她的父親，冷不防地給了她一耳光。語燕詫異極了，又是當著眾人的面，即使還是個孩子，也傷了自尊，便哭了起來，母親哄她：「我們燕兒將來要讀大學，當個女教師不好嗎？花月蘭那樣的女人是不受人敬重的。」

語燕不明白媽媽的話，在戲院裡她覺著大家都喜歡花月蘭啊，雖然不明白，但是父親不悅的神色卻讓她記住了，年歲稍長自然也就明白了其中緣由，可惜父母沒能見到她真的成為了老師。

語燕讀的小學面向大海，浪大的時候可以打到走廊，站在走廊看海濺了一身濕。語燕並不特別用功，但是成績也還過得去。抗戰勝利了，掌管煙台的究竟是國民黨還是共產黨，語燕也不清楚，學校裡反正是同樣的老師，只是老師突然組織起學生賣油條籌措班費，家裡大人說因為是共產黨來了。一毛五分錢買來的油條，可以賣兩毛，因為進貨多，靠著數量所以價格較低，低買高賣。這是語燕最早接觸到的商業行為，像是過家家的遊戲一般，不必坐在教室上課，每個小學生都拎著一籃油條四處兜售，語燕覺得有趣極了，街上無論如何比教室新奇多了，有些花花綠綠的玩藝兒，更何況油條賣了以後，班費也有了，不必和媽媽拿錢交班費。上回班上開同樂會買點心要錢，許多家長都抱怨學生是去上課學習的，怎麼還要交錢買零食同什麼樂呢？

油條賣完了，語燕回家懶得走人行道，得繞一大圈，於是她和同學穿過下水道涵管，可以省下好些力氣，那粗大的下水道涵管在孩子眼裡巨大而神祕，彷彿是時光隧道一般，另一頭可能存在著一個未知而美麗的世界。

多年後的一天，語燕回頭看，想起在下水道裡那個十歲的自己歡快跑過，發現自己真的去到了那一頭，再也回不到爸媽身邊。

下水道有些積水，語燕一不留神浸濕了媽媽給她做的新棉鞋，回家遭了好一頓埋怨，媽媽花了那麼些功夫縫的新棉鞋，這下沒法穿了，棉花浸濕了即使晾乾，不但鞋會變形，棉花也發硬。語燕聽著媽媽數落，心裡卻想著，爸媽都不知道，我今天為學校掙了錢，以後我每天都要去賣油條，學校就會愈來愈好。

沒多久，共產黨走了，他們走前在街上貼出標語：離別是暫時的，我們很快回來。然後國民黨進城了，學校不賣油條了，語燕又回復了坐在教室聽老師講課的日子。

老師帶著同學們一句一句地念：「燕子，汝又來乎？舊巢破，不可居。銜泥銜草，重築新巢。燕子，待汝巢成，吾當賀汝。」調皮的男同學眨眼衝著語燕笑道：「說你呢，待汝巢成，吾當賀汝。」

語燕嘴一噘，不願搭理他們，心裡卻有些埋怨爺爺給自己取的名字，直到多年後她離開了家鄉，看見廊下築巢的燕子，想起小時候讀過的句子，才不可遏制地啜泣哽咽，燕子，汝又來乎？來又如何？家已不可歸，離家的人只能哀哀唱著：雁子啊飛來飛去白雲裡，經過那萬水千山可曾看仔細，雁子啊我想問你，我的母親可有消息？原來該叫語雁，大雁才能北歸啊。

民國三十幾年的人卻多數還不知道即將發生一場大規模離散，抗戰勝利了，大家祈願好日子總該要來了。每天早上語燕會準時到爺爺書房，幫爺爺捲紙捻子讓他點菸斗用的，那紙捻不能捲得太緊，太緊不易燃，但也不能鬆，鬆了易散。爺爺說燕兒捲的最好，二嬸趕著要捲，爺爺還不要。一開始語燕也覺得有趣，覺得自己有本事了，晨起刷牙洗臉後，飯都沒吃就往爺爺書房跑。但是自從上了小學，語燕有些不情願不耐煩了，因為怕上學遲到，她得提前十分鐘起來捲紙捻子，逢月底結帳還得幫爺爺磨墨，那就要更早了。

沈老爺子是家裡長子，由他管家，弟弟們成年後紛紛出外闖蕩，做生意賺了錢，過年返家時捎回，就由沈老爺子在鄉下買地或城裡買宅子租出去，一大家子的吃穿用度靠的就是收租。幾個兄弟有的生意好，也有的賺來的還不夠自己在外邊擺排場，兄弟們彼此不計較，妯娌間沒少埋怨，但是一家人還是一起過日子，沒見短了誰的多了哪個。

冬天，煙台下起了雪，語燕家裡大人們要燉菜，一鍋熱呼呼吃得周身溫暖，分派了七叔處理蘿蔔，他嫌煩不樂意，就想了法子騙語燕和流翔代替他削蘿蔔皮。算起來流翔是語燕的堂姑，但是只比語燕大一歲，她父親是語燕爺爺最小的弟弟，家裡兄弟多，大哥幼弟倆差了有十幾歲。七叔和她倆說：「我有功課要寫，沒功夫做這些，你們幫我，我功課拿了高分老師會給我獎品，獎品就送給妳們。」

「獎品是什麼？」

「有長頭髮的洋娃娃。」

「真的？」

「當然，還有籃球，但是只要你們幫我，我就選洋娃娃。」七叔拍胸脯承諾。

語燕和流翔為了能得到洋娃娃，便努力削著蘿蔔皮，她們倆的娃娃是媽媽自己縫的布娃娃，她們看過店裡有著金頭髮穿著漂亮蓬裙的洋娃娃，心裡想要，可是大人不願意花錢買那在他們眼中沒用的東西，所以始終沒能擁有。如今七叔可以給她們，原來中學的獎品比小學好，小學考了高分，學校老師也只送些鉛筆橡皮擦作為獎勵。

她們興致勃勃削起蘿蔔，但畢竟年紀還小，削了沒幾個，就失了耐性。那白蘿蔔的頭是淺綠的，流翔切下一塊咬了一口，又甜又多汁，難怪說蘿蔔賽水梨，語燕見她吃起蘿蔔，也切下一塊吃了，真好吃。但是整根蘿蔔就頭上那段好吃，兩人於是切了一個又一個，等大人發現了，原本可以放整個冬季不壞的蘿蔔，因為切開了沒法放，只能盡快做成醃菜。大家都說肯定是語燕七叔做的，那孩子貪吃又不學好，讓他幫忙做點家務，他就糟蹋作踐東西，七叔的父親五爺於是將兒子狠抽了一頓。

七叔挨了打，語燕識相地避著七叔，蹭到二婆房裡，二婆在窗邊繡花，嘴裡幽幽唱著：「柳葉青又青，妹坐馬上哥步行，長途跋涉勞哥力，舉鞭策馬動妹心，哥呀不如同鞍向前進，用不著費心，我不怕這區區路程。」語燕問：「二婆唱的什麼呢？」二婆說：「電影《千里送京娘》裡的曲。」語燕又問：「電影好看嗎？」二婆點頭說好看：「講的是趙匡胤還沒當皇帝前的故事，他救了被強盜囚禁的京娘，千里護送京娘回家。京娘因為感動而欲以身相許，但趙匡胤起義的心意已決，送京娘返家後，就走了。」

語燕聽過家裡長輩說，二婆和二爺從小訂了親，可惜二爺多病，二婆依然如約嫁了過來，卻根本沒圓房就開始守寡。二婆沒回娘家的打算，日日在房裡繡花，枕套上的牡丹，被面上的鴛鴦，門簾上的蝶舞花開，二婆手巧，又善於配色，繡出來的花鳥蝴蝶玲瓏豔麗，繡好了就讓家裡晚輩拿出去換錢，日子倒也寧靜。

語燕喜歡往二婆房裡跑，不單是二婆繡的花漂亮，房裡還總有些好吃的棗泥餡餅、花生、瓜子和芝麻糖，媽媽卻不樂意語燕去，所以語燕總是悄悄地溜去。為什麼媽媽不樂意呢？三嬸說：「燕兒還沒周歲時，有天二婆抱著燕兒圍著院裡那口井跑，口裡嚷著：我的燕兒。你媽想上前抱回你，又怕二婆不肯鬆手，爭奪時二婆不小心將你扔進了井裡。」

聽大人說，後來家人也想從族裡找個合適的孩子過繼給二婆，由二婆撫養長大，即使做不到承歡膝下，好歹是母子相伴。二婆卻一口拒絕了，她說：「弄來個渾小子，我的繡花線都給搞亂了。」

冬去春來，院子裡的花如常綻放，燕雀如常在枝上築巢。院子外的世界卻發生了變化，共產黨果然如他們走前所說，不久後又回來了，返還後天天來語燕家裡找她爸爸，媽媽要語燕帶著兩個弟弟出去逛。來的人找不到語燕爸爸，總尋藉口劫取家裡物件，母親便要語燕和弟弟穿上好幾件衣服，末了還背個包，包裡放些值錢或要緊的東西，為了日後需要，先藏在親戚家，語燕不耐煩，啐道：「什麼好東西，他們要給他們，我們再買好的。」母親只管往袋裡楦，不言語。語燕帶著弟弟走了半個多小時，到遠房表叔家，一進屋裡就先將外面多套上的衣服脫下，因為熱，兩個弟弟臉紅撲撲的，表嬸拿來水讓他們喝，表叔說：「趁有時間，再多拿一趟。」語燕老大不願意，但也無法違拗大人。

接下來，連家都被抄了，他們也被掃地出門趕了出來，拎著包袱，背著些鍋碗瓢盆，日子還是要過下去啊。離家的前一夜，母親大反常態，砸了一套細瓷描金茶具，那是母親珍藏的，平日不僅不讓語燕碰，自己也捨不得用，母親邊砸邊罵：「我沒了，也不讓你們用。」

語燕心想，偌大的房宅都讓人奪去了，誰還在意那幾隻茶杯，等她大些時回想起狼狽被掃地出門的畫面，既然是地主，怎麼也該有些金銀財寶啊，究竟是沒讓她知道，大人們偷偷藏了，還是其實錢全買了地呢？

後來嬸嬸說早分家就沒事了，分了家頂多是富農。是啊，家裡五個爺爺，十幾個叔伯，堂兄弟更是多啦，為什麼不分呢？但這都是後話，來不及改變什麼，語燕記得他們垂頭喪氣被趕了出來，人群中有人拿出封條要封門封窗，就在這當下黃花死命奔回宅子，從門縫溜進去，被封在了院子裡。語燕的奶奶著急喊著黃花，黃花和語燕同年同月生，是一條短腿混種犬，尾巴長而捲曲，因為一身黃白花毛，取名黃花。從小拾了來養在家裡，聽說母親還擠過奶水餵養牠，語燕十一歲，黃花也老了，奶奶總說語燕不如黃花，黃花重情戀舊。

奶奶情急下一遍又一遍央求著貼封條的人，取下封條讓她帶黃花出來，那人不耐煩，先是粗聲粗氣吆喝著不依，有鄰居看不過去，調解說：「不過是隻老狗，也不值什麼，餓死在屋裡，你豈不麻煩。」

那人這才撕下漿糊還沒乾的封條，趕出了黃花，黃花不情願，卻被八叔牢牢抓住了，掃地出門後沒多久，黃花就死了，語燕想或者牠就是想死在生活了一輩子的宅院裡吧。

那時離開沈家大宅的語燕完全沒有想到，她再也沒有機會走進這座她出生的宅子，廊下初生的雛燕，地窖裡儲存過冬的蘿蔔白菜，煮蘋果時空氣中瀰漫的甜香，午後穿街走巷小販叫賣的冰棍，都將從她的生活裡消失，有一天她身邊的同學會唱起這樣一首歌：穿上軍裝，背起行囊，今天要去黔省，天涯海角都是家，流浪流浪流浪……而她終於離鄉背井七十年。

1

一九四八年，民國三十七年的雙十節，沈語燕從煙台坐船去青島，沈家鄉下的房宅田產都已經被共產黨貼上了封條，讓孩子跟著學校走，是當時恐懼內戰帶來變亂的家長不得已的選擇。語燕六月才從小學畢業，這使她勉強達到了做流亡學生的資格，小學生還太小，中學生才能和學校一起離開。

民國三十七年，對日抗戰勝利的喜悅剛剛過去，烽火連天的國共內戰已經如火如荼燃起，山東數度更易旗幟，國民黨撤了，共產黨進城，不久，國民黨又打了回來，共產黨撤守前還不忘從容貼出敬告鄉親的大字報，聲明不久即將重返……語燕記得這樣亂糟糟的年月裡，一天家中來了親戚，悄悄和家裡的大人說：「蟈子頭掉了。」語燕雖然還是個孩子，但也明白這句話是指山東的省會濟南淪陷了，落入共產黨手裡。說這話時，家中氣氛緊張憂戚，大人們刻意避開孩子，但是不尋常的氛圍反而誘導出孩子超乎尋常的敏感與理解。

共產黨此時已經在部分地方展開土地改革，語燕家是所謂的地主，也就是土地改革運動中要整肅的對象。家已經被抄了，翟家胡同裡的大宅也回不去了，媽媽還擔心隨時可能遭到批鬥，每天一早會拿一點錢給語燕，要語燕帶著弟弟出去玩，去不去學校上課似乎沒有人在乎了。天真的語燕覺得那是她童年最快樂的一段時光，帶著兩個弟弟想吃什麼吃什麼，從沒人問她錢怎麼花的。第二天同樣又塞錢給她，囑咐她天黑了再回來，媽媽反覆叮囑她，如果看到家裡來了一群人，千萬別回來，走遠些，等確定家裡沒有別人，才能帶弟弟回來。

語燕滿口答應，一點不了解媽媽的憂慮，深怕孩子被人抓走，祈望當鬥爭來臨時，孩子能逃過一劫。大人們異常憂心，蝨子頭都掉了，山東國民黨還能守多久？無奈之下，山東數所中學校長決定帶著學生撤退。

就這樣，語燕高高興興地加入了煙台聯中的流亡隊伍，對只有十二歲的她而言，完全沒有意識到流亡的悲苦，反而有一種出遊的喜悅。她興奮地期待著，終於可以出去看看了，如果不是這樣的時局，她若是考上了大學還好，要是沒考上，很可能十八、九歲就讓家裡安排嫁人了，一輩子沒機會離開煙台、青島去別處看看。十二歲的語燕心裡還清楚記著三年前另一批流亡學生返回山東時所得到的榮耀，那時正在讀小學的沈語燕，在老師的帶領下，全校師生拿著小旗子在馬路邊上夾道歡迎。可別因為有老師領隊，就錯以為街上堆積滿滿的人群全是動員來的學生，打倒了日本鬼子，中國人的高興沒法形容。儘管流亡學生對於對日抗戰沒盡過什麼力，但總是因為日本的侵略才離家的，現在回來了，當然要歡迎，這也是勝利的成果之一啊，離家的人終於得以返家。

沈語燕深信過不多久她也會在人們盛大的歡迎之下重返青島，而那時她已去過許多大城市，是個見過世面的人，不像家鄉的女人，長天白日地被困在宅院裡。

十月，天還沒冷，學校就要出發了，校長在臺上發表激昂又感性的演說，至今，語燕依然清楚記得那個早上，全校師生在學校操場集合，他們升上中華民國青天白日滿地紅的國旗，鮮豔美麗的旗幟在風中飄揚。那以後的很長一段時間裡，語燕只要聽到國旗歌中悠揚的「山川壯麗，物產豐隆，炎黃子孫，東亞稱雄」，看到迎風招展的青天白日滿地紅緩緩升起，尤其是在國際賽事上，選手在樂聲中舉手敬禮，視線隨著旗幟昂揚上升，鏡頭在選手的面孔和飛揚的旗幟間交錯，語燕就會忍不住熱淚盈眶。

校長說：「今天我們在這裡升上這面旗，明年雙十節我們再回來降下這一面旗。」語燕的年紀雖然小，但是心裡隱約已經懂得校長的沉重的心情，帶著一群年輕孩子「離家出走」，既是現實情勢上的不得已，也是為了學生未來而承擔的責任，聽到校長的話，語燕的眼眶也熱了起來，是的，就走一年，明年就回來，她在心裡暗暗告訴自己，不過就一年。

語燕的媽媽去送行，她卻擔心女兒離家恐怕不是很快能夠回來，而雙十節後天氣就要變冷了，她堅持在語燕原本已打包好的行李上又添了一條棉被，語燕老大不情願，但出發在即，她實在拗不過母親。

沒想到，船剛從煙台開出，就在海上遇到大風浪，語燕瑟縮在船艙中，暈得直吐，沈流翔倒是不暈，船顛簸得那樣厲害，像是在波浪尖上翻滾跳躍，她也不在乎，還上了甲板看海浪。她和語燕說，吹吹海風就不暈了，語燕暈得頭都抬不起來，自然沒力氣搭理流翔。語燕倒是記得一直聽到有人喃喃念著：救苦救難的觀世音菩薩，救苦救難的觀世音菩薩，保佑我們啊，要保佑我們啊！語燕勉強睜開眼，看見了左前方一個瘦小的女孩，年紀和自己相仿，應該和自己是一個班的，只是還沒來得及認識。女孩臉色黃黃的，可能也是暈得厲害，不過頭髮倒是又黑又密，紮成兩個小辮，隨著船身搖晃得愈來愈厲害，她的禱告也愈來愈張揚。

最後風浪實在太大了，為了確保安全，校長不得不決定折返，不到半天的時間，語燕和流翔又出現在煙台港。

流翔說：「校長不是說明年回來嗎？怎麼下午就回來了？瞎折騰。」

語燕背著沉重的行李，踏在陸地上了仍覺得暈，那個晃勁一時緩不過來，步履踉蹌地隨著流翔往家走，輕飄飄的雙腿和沉甸甸的行李，完全無法協調。

返回後的語燕，一進門就大聲和媽媽抱怨，她一邊困難地將行李從肩上卸下，一邊生氣地說：「你想把我累死啊。」因為生氣，那整個晚上語燕都沒給母親好臉色，她對媽媽不厭其煩的殷殷叮囑，感到十分不耐。媽媽甚至連語燕以前懵懂不清的月事也詳細說著該如何應對，語燕初潮未至，媽媽十分擔心，這是女孩最需要媽媽在身邊的一段歲月，她卻不得不把孩子送走。語燕覺得自己只不過出去旅行一趟，校長不是說了嗎？明年就回來。現在別說明年，當天就回來了，囑咐那麼多做什麼？她根本無心聽媽媽絮叨囉嗦，像是她不會回來了似的。

翌日，他們又在學校操場集合，語燕對母親的氣還是沒消，她不情願地背上又大又沉的行李，不知道這一回離開，再回來，已經是半個世紀之後。

媽媽依舊站在路邊送語燕，目不轉睛地望著隊伍裡瘦小的女兒，能多看一眼都是好的，接下來不知道多久看不到，再回來時，已經不是如今十二歲的模樣。

如非萬不得已，哪個母親願意讓年幼的孩子離開自己的身邊，語燕的媽媽知道，這一去不是短時間能夠回來，但如果不讓語燕跟著學校離開，地主的出身還不知道接下來會給這個家帶來什麼樣的災難。更何況時局動盪，人心難測，一個荳蔻年華的女孩留在家裡，難保不招來麻煩禍患，甚至凶險。

但，語燕的媽媽絕對想不到，這個女兒一送走，這輩子就再也見不到了。如果當時她知道，那是永別，還會送走語燕嗎？

如果語燕當時知道，再也沒有機會回家，她還肯走嗎？

語燕排著隊和同學一起走出了學校，路邊滿是民眾，望著他們的眼神複雜而無奈，他們默默地望著學校的隊伍，語燕也望著他們。很多年以後，回想起來，語燕才明白了他們眼神中的複雜，他們也怕，不知道接下來會發生什麼？他們也想離開，卻沒有船，所以他們只能望著即將上船離開煙台的學生，除了望著，什麼也不能做。

而語燕想明白這一層時，大陸正因為大躍進、大煉鋼，忙得不可開交，日子亂得一塌糊塗。但這還不是最糟的，大躍進時期政府得到的資訊失真，官員們兀自沉浸在浮誇虛報的成績裡沾沾自喜，為了徹底達到歌功頌德的目的，甚至加入了編織謊言的龐大結構中，終於在錯誤的基礎上發展出了更加錯誤的政策，使得原本物產豐富的國度出現三年饑荒。

民國四十七年，遠在海峽另一端的語燕，那時已經從學校畢業，有了工作，薪餉雖然不高，但是足以溫飽，她看著新聞報導，大陸正鬧饑荒，擔心父母弟弟沒有飯吃，可幫不上一點忙。

她終於明白了那眼神中複雜的情緒所預示的悲劇，卻完全使不上力，語燕數度夢中驚醒，哭著再也無法入睡。

十二歲的語燕和同學一起登上了船，高年級的同學擠在船邊，不停地向碼頭上的人揮手告別，其實碼頭上聚集的幾乎都是陌生人，送行的家長在學生隊伍走出學校時，已經在學校揮手送別，碼頭上人頭攢動，慌亂到不行。語燕緊緊跟著同學，差點擠不上船，船不如想像中大，但這並不影響語燕緊張而期待的心情，經過了昨天的暈船，她已經有了心理準備，在原本歡快的心情中，參雜著忍耐。她從高年級同學肩隙間勉強看了煙台最後一眼，以為不久自己就會重返煙台，所以那一眼並沒有太多不捨，如果她知道，是半個世紀的分離，她會努力記住這一切，更重要的是，她絕對絕對不會，在走之前還和媽媽嘔氣。

船駛入海，沒等到觀賞美麗遼闊的海景，風浪已經先摧毀這一群年少的孩子，雖然住在海濱，但是並沒有太多乘船的經驗，語燕再度嘗到嚴重暈船的滋味，頭暈反胃，難受得不得了，胃裡的酸水嘔出後，還不得停歇，直到膽汁也吐盡了，嘴裡滿是苦味。虛弱的她癱軟在船艙，耳邊又不斷聽到有人念著：南無觀世音菩薩，救苦救難的觀世音菩薩，語燕勉強睜開眼，略抬頭張望了下，又癱倒鋪位，頭一抬更暈了，她閉上眼，強壓住反胃作嘔的感覺。就在短暫抬頭睜眼的瞬間，她看見了昨天那個和自己年齡相仿的瘦小女孩，雙手合十，不斷念佛，而流翔早已不知去向，大約又去流連甲板貪看新鮮事物吧。

沈流翔和沈語燕從小一起長大，一起上學，為了方便，家裡故意讓流翔晚一年入學，姑侄好結伴去學校，流翔一直為這件事不快，她早就想上學了，卻為了等語燕，白白耽誤一年。雖然兩人只差一歲，輩分上卻差了一輩，流翔只要考試成績不如語燕，回家肯定挨打，母親拿著雞毛撣子一下一下落在她的腿上，理直氣壯地罵：「你是姑姑，考試還不如小燕，這個姑姑怎麼當的？」

流翔聽著母親扯起嗓子罵她，她想家裡的人都聽得到，小女孩臉皮薄，恨不得有地洞可鑽，如果可以，她真想離家出走。母親的尖聲責罵，比落在小腿上的雞毛撣子更讓她覺得難以忍受，偏偏母親愈罵愈大聲，像是唱戲的人練嗓子，嗓子喊開了，一聲比一聲嘹亮，一聲比一聲得意。

流翔不懂，母親高聲罵她，就是罵給別人聽的，不能讓人說她寵孩子，丈夫出外營生不在家，她要讓別人知道，她能管孩子。

流翔的憤恨轉向語燕，語燕卻並不知曉，期末考的前一天，流翔故意對語燕說：「天這麼冷，還是睡覺最好，吃完飯我們就睡吧。」

「明天要考試了，不用準備嗎？」

「不用了，準不準備都一樣，睡得飽考試時精神也足。」流翔叮囑著：「說好了，我們都別看書，吃完晚飯就睡覺。」

小一歲的語燕，也比流翔少個心眼，真的吃完飯就睡覺了，流翔卻看了幾個小時的書，果然考出來的成績比語燕高了不少。家裡長輩於是說流翔是個念書的料，不像語燕，生得漂亮，書卻念不好。

語燕於是也不喜歡流翔了，她不知道流翔心裡的憤恨，只知道她陷害了她，欺騙了她。長輩們的稱讚卻也沒讓流翔高興，語燕比她漂亮是親戚們公認的，他們總誇獎語燕長得好，卻說流翔的長相就像是牆頭上擱了個西瓜。小時候，她為了能得到別人的讚賞，說她漂亮，她故意將鳳仙花的汁液塗在臉頰上，弄得小臉紅彤彤的，她以為這下漂亮了吧，沒想到，大人看見她卻怪聲怪氣地詫笑起來：「真是醜人多作怪。」

流翔甚至想把語燕騙到遠遠的地方丟掉，讓她找不到回家的路，從這個家裡徹底消失。

這些語燕都不知道，她不知道她的存在帶給流翔的委屈。

如果她們不是同一年入學，兩個孩子不在同一個班，也許她們可以相處得好些，雖然家裡的矛盾仍在，但是至少學校提供了另一個可以轉移的空間，不至於這樣迫得人喘不過氣。

語燕的媽媽是當地有名的美女，語燕還很小的時候，就聽家裡的長輩說，當年媽媽嫁過來時，吸引了附近的鄰居都來看。語燕小時候卻並不覺得媽媽漂亮，在她的心中，小姨要比自己的媽媽漂亮，那時的小姨還不滿二十，一頭長髮披在肩上，不像她的媽媽總將頭髮挽在腦後，生了四個孩子，還夭折了一個，沉重的生活讓三十歲的女人已經顯出老態。

語燕記得，共產黨來了，媽媽要她去跟躲在城裡商鋪天花板上的爸爸說，千萬別回家。因為媽媽不肯說出自己的丈夫躲在哪，前來搜查的人狠狠地用鞭子抽打媽媽，媽媽被鞭子抽得在院子石板地上翻滾，原本梳得一絲不苟的頭髮蓬鬆凌亂，面龐、手臂都是血痕。那時媽媽剛生下小弟，還在月子裡，經過這樣的折磨，就更不成樣了。搜查的人走後，語燕問媽媽：

「他們要你說爸爸在哪？你告訴他們就是了。」

「不能說，你記住了，不能說，我不說，他們只是打我，他們要是找到你爸爸，會整死他的。」媽媽說。

語燕不懂，為什麼他們要整死爸爸，印象中，爸爸是個溫和的人，連對孩子說話，都不曾大聲。

在媽媽的叮囑下，語燕獨自走到十五公里外的外婆家找小姨，鄰居聽說村裡出嫁了的大美人的女兒回姥姥這兒，都趕來看，一群人圍著語燕品頭論足，最後語燕的姥姥出來下了結論：這閨女哪能和她媽比？算是驅散了眾人。儘管語燕滿心不情願，也沒機會反駁。她在姥姥家吃了飯，等天一黑，就和小姨出發去青島，趁天色幽暗得以隱身，她們穿上深灰色的舊衣服沿著沙灘走。因為沒有通行證，不能明著去青島，只好夜裡偷偷走，白天借住親戚家，夜色中灰藍一片的大海，深沉到幾近漆黑，潮浪終宵不停，堅持著一次又一次襲捲上岸，看在語燕眼裡，原本鑲著蕾絲邊的浪花，如今蒼白而破碎。

語燕和小姨連續走了幾夜才到青島，父親躲在天花板上，已經一個月不曾下地，吃的喝的用提把上門了一根麻繩的小竹籃往上吊，拉的撒的裝在尿桶裡用同一只竹籃往下送。

語燕的爸爸見到前來通風報信的女兒，萬般憂心地問：「你母親還好嗎？」

年幼的語燕一點也不能體諒爸爸作為一個丈夫的心情，她只是不明白，媽媽為什麼寧願挨打也不肯說出爸爸在哪裡，她也不明白，爸爸明明知道別人來家裡鬧事，卻還躲著不回家。她完全不知道自己的父親正面臨極大的危險，因為他在國民黨執政期間捐過一個官，那其實也不是他願意的，而是被迫捐了錢，然後給了他一個不需述職也沒有薪餉的職位，結果成了他擺脫不掉的罪狀。這些語燕都不懂，她不高興地回答：「隔壁的大爺說，好好的美人給折騰成鬼了。」

語燕的爸爸聽了，臉色大變，一定是心疼，卻也不好在孩子面前表現出來，而且也真不能回家，難道讓他們抓去了，留下一家孤兒寡婦嗎？

動盪的時局，人們動輒得咎。

國民黨在的時候，無法避開勢力糾扯，置身事外；共產黨來了，卻又因為要肅清異己，剷除先前殘留派系，一不留神就可能引來殺身之禍。

人的過往終究不能如樹梢的綠葉，隨著時間，舊的落下，長出新的，枯黃的樹葉離開了依附的枝椏，很快就被風吹得無影無蹤，化入泥土裡不留痕跡。

2

語燕隨學校從煙台坐船先到了青島，輾轉來到上海，住進體育學校，師生太多，全擠進了體育館，亂糟糟轟鬧一片，剛離家的孩子像脫了韁的馬，沒人在乎規矩。

上海和煙台不一樣，上海人的性格自然也和煙台人不一樣，都說上海是十里洋場，風華絕代的歌舞喧囂，但這些與他們無關，他們看不見鍍金的上海，倒是隱約嗅到戰火邊緣的人心浮動。巷弄人家的日子還是要過，靠海的煙台早年生活並不容易，語燕記得舅舅家裡做蝦醬，她最受不了那樣的氣味，聞著腥，吃起來死鹹，做的這麼鹹，固然一方面是怕腐壞，另一方面何嘗不是物資匱乏的年代，鹹才能下飯。

一天傍晚，語燕洗了頭髮，坐在窗邊晾乾，她手裡的毛巾有一搭沒一搭地擦著，髮梢還滴著水，眼睛卻不住瞟著窗外。語燕坐的窗邊在二樓，隔壁一樓院裡的動靜可以清清楚楚望見，一個四十開外的婦人，正收水泥地上晾著的乾菜，大概是要做醃菜的。上海常見雪菜黃魚，語燕不喜歡雪菜那味兒，說不出是香是臭，一股怪味，但是加上黃魚一起燒，滋味就不同了。或是搭配肉絲竹筍，做成一碗湯麵，更是清爽誘人，筷子夾起送入口中，咀嚼吞嚥的過程裡充分體驗一種家常的溫暖，從胃囊一直蔓延到身體每一個部分。

語燕望著婦人熟練地操作著，她每一年大概都得重複這樣的程序，相似卻單調的動作已經不用思索就能完成。她突然很想媽媽，不，不能說是突然，其實剛離開家，她就已經想家了，想媽媽，想弟弟，當然也想爸爸，他們現在在做什麼呢？大概也圍坐在一起吃飯吧，媽媽今晚做什麼吃？語燕最喜歡吃淋餅，調制濃稠適中的麵糊裡打上雞蛋，加點切碎的胡蘿蔔、南瓜或青菜，如果沒有，擱點蔥花就行。鍋裡倒上油，麵糊一勺一勺淋進熱鍋裡，煎成薄餅，是語燕最喜歡吃的。雖然不費什麼材料，就是得一張一張煎，費事，家裡便不常做，即使做了也是給沒牙的老人吃的。語燕曾經想，等她長大了，可以在家做主了，她要天天淋煎餅吃。

這會兒他們在做什麼呢？也想她嗎？小弟大概不會想她吧，平常總是語燕最愛管他，他長得胖嘟嘟的，一雙大眼睛，加上嘴巴甜，最得長輩喜歡。不像大弟，性格老實嘴巴笨，語燕偏疼大弟，對討喜的小弟就特別嚴，怕他欺負了大弟，雖然他的年紀還小，卻明顯比大他三歲的哥哥機靈，加上大人總對大弟說：你是哥哥，他小，你要讓著他。小弟聽大人說得多了，遇到和哥哥有歧見，哥哥不依他，他自己也知道說，我小，煙台方言小和少同音，語燕聽到了便斥責小弟：「少什麼？你是少了眼睛？還是少了鼻子？」小弟畢竟還不滿三歲，被姊姊說得啞口無言。

如果媽媽看到現在語燕頭髮還沒乾就坐在窗邊吹風，肯定要囉嗦，喊她快把頭髮擦乾，不要著涼。

那時的語燕不知道，她再見到弟弟是四十年後，在江西，她從台灣搭飛機到香港，再從香港轉機至南昌，一座完全陌生沒有一丁點記憶的城市。為了逃避鬥爭，語燕一家人在語燕離家後，也離開了煙台，兩個弟弟說的一口江西話，語燕幾乎聽不懂，當語燕提起小時候的這一段往事，說起媽媽偏疼小弟，大弟弟豁達地說：「自己親生的媽，偏心又能偏到哪裡去。」

語燕出神地想著，手裡拿著毛巾也忘了擦，昨天下午，體育館門口出現一場騷動，一個穿著藏青色旗袍，為了路上方便而剪了短髮的婦人找了來，她見人便問認不認識她的兒她的女，瘦小的婦人被淹沒在人群裡，年輕的學生熱心地在烘鬧嘈雜的人堆裡找出了雯荔和她哥哥逯嘉。雯荔和語燕同班，今年才和哥哥一起進的煙台聯中，哥哥比她們高一班，流亡學校到上海才一星期，他們兄妹的母親也在教會的協助下，從煙台一路跟到了上海。

雯荔的父親早逝，他們兄妹是母親的全部，所以把孩子送進聯中後，雯荔媽媽就打定主意，聯中到哪，她就到哪。當雯荔的媽媽出現在體育學校的體育館，雯荔高興地撲向母親，張開雙手抱了個滿懷，嘴裡嚷著：「媽，您真的來了，您沒騙我。」婦人輕撫雯荔的頭髮，喃喃咕噥著：「媽來了，媽一定會來，怎麼可能不來？」

語燕羨慕地望著，只能眼巴巴望著，卻怎麼望也望不來自己的娘。體育館裡的大孩子們看見了婦人，想起了自己的媽媽，但他們的父母上有老，下有小，沒人能像雯荔媽媽這樣，一心一意守著孩子。他們有沒法割捨的家族牽絆，就像是爬藤，沒有翅膀，不但是根深深埋在地裡，就是藤蔓也緊緊纏繞，只能任其拉扯，終至心上出現裂痕。

體育館裡突然出現抑制不住的抽噎，一聲急過一聲，像是就要沒法呼吸窒息了一般。剛入秋，午後仍覺氣悶，體育館外隱約飄盪著歌聲，嗓音極細，似有若無：我走遍漫漫的天涯路，我望斷遙遠的雲和樹，多少的往事堪重數，你呀你在何處……

體育館內沒人轉頭尋找那就要斷氣的抽噎是誰。

雯荔的母親不怕辛苦，只怕見不到孩子，教會的牧師在這群大孩子離家後，體恤一個母親的心，想盡一切可運用的關係幫助她。一路上吃不好睡不好，再多艱難顛簸都攔不住她，終於瘦小的婦人站在偌大的體育館門口，左手摟著女兒，右手攬著兒子。

煙台的蝦醬，上海的醃菜，都是尋常人家度日的方式，滋味迥然不同，平安活下去的卑微願望卻是一致的。這樣簡單純樸的願望，竟然那麼長一段時間，在中國難以得償。

年輕的孩子們來不及領略上海十里洋場的繁華，璀璨的外灘、秀麗的蘇州河和時髦的南京路，全都與流亡學校不相干，路途倉促使他們只有灰頭土臉的狼狽，一個月後，他們又搭上了去杭州的火車。

初時乘船又乘火車的興奮已經過去，離家自由翱翔的憧憬期盼，逐漸被旅途勞頓取代，日日三餐潦草，打地鋪的夜晚連做的夢都委靡孤寒，許多人開始對於這一趟出行有了不知所謂的感覺。

煙台聯中在上海還可以借住學校的體育館，雖然空氣不流通，人又多，但總是遮風蔽雨的屋舍。到了杭州，卻連去處都沒有，銜接的火車顯然在安排上出了差錯，無處安身的大隊人馬，索性就在杭州火車站待了下來。一入車站室內，窒悶的空氣熏得人難受，天氣還不太冷，年輕的孩子寧願在站外呆著，鐵軌上坐著臥著趴著，到處是人，火車都沒法正常運行。

雖然季節上來講應該是秋意漸濃的，但是他們行走的方向正和季節相反，秋意一天一天深，但是他們一程一程朝南移，就像候鳥一般，覺不出寒意。

露宿火車站的困頓，並不影響他們探索這座城市的興致，白天他們成群結隊在外晃悠，語燕有時也和同學出去瞎逛。法國梧桐不再青翠，手掌大的葉片轉成了略帶褐色的黃，深深淺淺，仍抓著枝子不肯放，等西風再緊，抓不住了也只能隨風飄落。

這時的語燕還太小，看著秋葉並沒有落葉尚可歸根的感歎，也沒有曉來誰染霜林醉，總是離人淚的傷懷。她看著自己腳上一雙布鞋已經髒了，但因為只有一雙，沒得換洗，髒了也就只好任由它髒了，還好出門在外，大家都不講究，年輕人也不在乎這些。倒是語燕想起夏天才纏著媽媽買了一雙回力牌的白球鞋，同學們正流行穿，語燕無論如何也想要有一雙，媽媽起先不肯，回力牌的鞋比別的牌子貴了不止一倍，看在媽媽眼裡並沒有太大的不同。語燕的媽媽不覺得在腳背上系條帶子的黑布鞋土，也不覺得長長的鞋帶一路交叉到腳踝打個蝴蝶結的白色運動鞋穿起來就是時髦，但最後還是挨不住語燕的要求，帶她去鞋店買了一雙。

語燕的媽媽是纏了小腳的，平日很少出門，這一回她倒是親自帶著語燕去買鞋，店員拿出鞋讓語燕試穿，媽媽說：「拿雙大點的，孩子正長，合腳的馬上就不能穿了。」店員於是拿大一號的來，語燕的媽媽還嫌不夠，結果硬是買了雙大兩號的。語燕氣得不理媽媽，大一號將鞋帶綁緊些，還勉強可以穿，大兩號踢踢拖拖的，可就真是沒法穿了。語燕是迫不及待地想穿著在朋友面前顯擺，回力球鞋最流行的，你們看，我也有。好不容易軟著纏硬著鬧，買了一雙，眼下又不能穿，恨不得腳立刻長大才好。

九月，學校開學了，語燕的回力鞋還是大，十月，學校就要帶著他們走了，回力鞋還是大，語燕不情願地穿上媽媽為她準備的布鞋，她多麼想穿那雙回力鞋，不然帶走也好，也許明年可以穿著新球鞋風光回煙台。可行李實在太沉了，媽媽說被子一定得帶，天就要冷了。語燕想，媽媽難道不知道，他們是一路向南走嗎？語燕的布鞋踩在石板路上，石板有點硌人，不過她不在意，故意踢著一塊石子玩，原本為了穿新鞋希望腳快長大，現在語燕只好暗暗祈禱腳別長太快，像媽媽說過的那樣，明年回家時，鞋才不至於小了。

杭州人穿著比較講究，街上許多女人燙了頭髮，微微地捲著，不像媽媽常年在腦後梳個髻。路上的人說起杭州話來，他們自然是聽不懂的，但也不覺得是想像中的溫柔，以前人家不都說吳儂軟語，語燕倒覺得幾個杭州人湊在一起講得飛快，若有爭執時，氣勢也不讓人的，反倒是山東話的句子短些，語氣沒那麼急促。當然，突然來的一大群流亡學生，也著實不惹人待見，哪還能聽到好聲好氣的話語。

民國三十七年秋天，國民黨軍隊接連在遼沈戰役、淮海戰役及平津戰役中失利，頹勢顯露，能否力挽狂瀾，尚未可知，但是在共產黨的鼓動下，要求蔣介石下臺的聲浪已經越來越高。那一年，大陸哪裡不亂，南方雖說還是國民黨的天下，其實也是大勢已去，上海那邊央行已經計畫將中國銀行金庫裡的黃金運去台灣。

當然，語燕和同學什麼都不知道，老師也一片惶然，只是不能讓學生察覺。語燕的同班年紀小，還不懂得多想，但是高中部年紀大的同學有些已經二十歲，分明是成人，卻又還沒有接受完整的教育，亂起來更麻煩，得安撫他們，讓他們相信學校完全可以掌握接下來怎麼走。

有一天，同學們說去遊西湖，語燕也跟著去，同校的高中生紛紛裝扮起來，花一塊錢可以在西湖邊上拍一張照，一個個十七八歲的女孩，在西湖的秋陽中留下年輕嬌美的倩影。西湖呢，可是中國數一數二的名勝，往遠一點說，許仙和白娘子借傘的情緣就在西湖邊，近一點說，徐志摩和陸小曼熱戀期間也同遊過西湖。十七八歲正是嚮往浪漫戀情的時候，但是十二歲的語燕看不出來其中滋味，她和其他幾個同齡的女孩站在西湖邊，瞅著眼前碧綠的湖水，荷花早已謝盡，沒了嬌豔欲滴的粉紅花瓣，只留下幾莖荷葉，就是這荷葉也失去了夏日的青翠，略顯蒼涼地伸出水面，大幅荷葉邊緣已泛出枯乾的褐色，是李義山「留得殘荷聽雨聲」的蕭索。

十二歲的小女孩不懂，也不能領略。她們怔怔地立在湖邊，覺得這滿眼碧綠從哪看都差不多，就是湖水唄，自己站在風景裡，反而覺不出秀麗可貴。也可能是因為正在長的年紀，學校伙食不好，她們總覺得饞，幾個女孩商議著，拍照、划船遊湖，還不如買菱角吃，兩毛錢就買一大包。湖邊的小販賣蒸熟的菱角，入秋後才上市的，小販沒有紙袋包，小女孩們只顧吃，完全不計較形象，一個個坐在湖邊，菱角就兜在裙子上，邊剝邊吃，菱角殼撒得到處都是。

這西湖吃菱角的一幕，後來卻成了語燕心裡的遺憾，讀到：「接天蓮葉無窮碧，映日荷花別樣紅。水光瀲灩晴方好，山色空濛雨亦奇。」不禁埋怨自己，這麼美的境地，自己分明是去過的，卻什麼也沒留下。在山東老家時，她總盼著可以出去看看，畢竟世界這麼大，雖說世界有多大或許和她沒什麼關係，學校才剛剛開始教英語，她也沒有環遊世界的夢想或出國留洋的壯志。但中國這麼大，有機會總想去看看，剛離開家就在西湖附近住了一個月，她卻沒坐船遊西湖，沒在西湖邊上留影作紀念，反而大吃特吃家鄉也有的菱角。到台灣後，這成了語燕的心頭憾事，不知道還有沒有機會重遊西湖，她一定要好好欣賞西湖美景，在西湖邊上多拍幾張照片。

北山路上的岳王廟語燕倒是去了，也是西湖邊的名勝，名氣大固然是因為岳飛的忠勇，秦膾夫妻長跪廟內供遊人唾棄敲打以解氣，坦白說應該也算是出了一份力。

經過了上海這一路，語燕已經和同班的幾個同學相熟起來，同齡的孩子在一起，感情很快就好得分不開，更何況他們是白天黑夜的在一處，又都離了家人。反倒是流翔和語燕姑侄倆，離了家依然不親，各有各的交友圈，完全沒交集。

停在杭州，沒地方上課，在船上不住念佛的瘦小女孩叫做何書盈，她拉著幾個女孩去逛岳王廟。

潘雯荔說：「我是不去廟的，我不拜偶像。」

「岳飛又不是神，我們去逛逛，不影響你信主。」何書盈試著說服潘雯荔。

「你說他不是偶像，為什麼要蓋一座廟，而不是紀念館。」雯荔依然覺得不妥，她是個虔誠的基督徒，離家時媽媽叮囑她，一刻不能忘記主，因為主時時刻刻地照看她，保佑她。

「中國人喜歡廟，岳飛的忠心就和你對你的主一樣。」語燕也加進來了，她對岳王廟並沒有太大興趣，只是覺得悶，出去走走正好可以解解悶。

「你就當是去給秦檜夫妻一點教訓。」書盈說。

雯荔不再堅持了，她們說的對，那不就是一處古蹟嗎？

三個女孩沿著西湖走，北山路一面是湖，另一面有不少高級住宅，大門大院的，語燕看著寬敞的歐式建築，心裡想家裡的老宅子可沒這裡漂亮，她估計住在這宅子裡的女主人穿戴肯定也比母親強，比母親時髦，比母親講究，為什麼別人卻說她家是地主？她家在鄉下是有地，那是他們省吃儉用攢下來的。為了省錢，語燕流翔不但得不到穿著漂亮紗裙的洋娃娃，就連買一雙回力鞋，對家裡來講都不是件輕易尋常的事，如今卻因為攢下來的地產成為共產黨口中的罪人，這是十二歲的語燕怎麼也想不明白的。

深秋的天空非常藍，遠一點的白雲飽和度高，那白色的密度也高，近一點的雲比較薄，像是扯開的棉絮。天空裡層層疊疊的厚的薄的遠的近的雲一直鋪排到地平線盡頭，語燕想念起北方的初雪，再過不久，皚皚銀白便要覆蓋在屋頂樹梢，江南卻還可見姹紫嫣紅。

書盈說岳王廟不算是真正的廟，因為岳飛不是神，但是在老百姓心裡，是相信像他這樣忠心的人死後就會成為神的，如果岳飛是神，語燕會向祂祈禱，她希望可以快點回家。這旅程其實才剛剛開始，但是語燕不知道，這將是一場沒有返程票的旅程。語燕以為她可以祝禱，向一位曾經忠貞為國的將領說出心中的願望，如果他有靈，就會知道在中國的這一場內戰中，有不同的政治主張，不同的利益糾葛，不同的權力期望。但是對語燕這年紀的孩子來說，不管誰贏、誰輸，她只想回家。

一個十二歲孩子的願望，沒人會聽到。

連年戰亂，牡丹亭裡唱的：「原來奼紫嫣紅開遍，似這般都付與斷井頹垣。」語燕和同學們其實還不懂。

岳王廟的茶花開了，碩大的紅色花朵添了幾分熱鬧，語燕賞茶花的興致比打秦檜高，來的一路上有好些遲開的桂花，金黃色的細碎花朵藏在深綠色卵形葉片間，濃郁的香氣瀰漫鼻息，在桂花香的醺染下，語燕已經覺得心情舒暢了些。但書盈是下定決心要打秦檜的，明明沒下雨，因為擔心手中沒有適合的東西杖責秦檜，她還特意帶了一把傘，結結實實打了秦檜夫婦腦袋幾下，她才滿意了，她說：「我奶奶看戲，最討厭秦檜了，回家以後我可以告訴她，我幫她打了秦檜。」

雯荔進到廟裡，覺得並不如心中以為的陰森，漸漸地就放鬆了心情，三個女孩吱吱喳喳地有說不完的話，將岳王廟逛了一遍，離去前又在門外的小攤吃了蔥包燴。蔥包燴是當地小吃，三人以前都沒吃過，其實就是一張薄餅，抹上薄薄一層醬，放入蔥段後捲起，在油鍋裡煎一下，是種簡易的小吃。取名蔥包燴和油條叫做油炸膾相同，是中國民間對於奸臣的怨氣無處宣洩，所尋的一種自我滿足的報復方式。走了一個多小時，才走回學校臨時的安置所，書盈嚷著又餓了，卻還沒到飯點，她嘟囔著：「這蔥包燴也太小了，杭州人真是小氣，這麼小張餅怎麼抵得了一個小時路程，既然恨秦膾，就應該大大方方地恨。」

沒有火車可以讓學生續往南走，高年級的男同學不耐久候，他們對杭州當局的怨懟日益升高，運輸交通的安排出了問題，其他方面也沒能安撫他們不滿的情緒，伙食差，住處差。幾個能言善道的帶頭鼓搗，其餘受到煽動，正是血氣方剛的年紀，離了家就如脫韁野馬，顧忌少了許多，也不怕有人到家裡告狀，天高皇帝遠的，誰管得了，就這樣一行人砸了杭州火車站。行為雖是失控，但倒也管用，怒氣加速了火車的調派，不久，學校帶著這一大群年輕的孩子到了湖南藍田。

3

藍田是一個小鎮，位在邵陽、湘鄉、安化、新化四縣交界處，地方雖不算大，歷史倒是挺悠久的，據清嘉慶年間編修的《安化縣誌》中記載：「相傳宋代名士張南軒經此，謂地宜藍。後果藝藍彌野而因名。」宜藍指的是蓼藍青翠茂盛，蓼藍是一種植物染料，製作藍靛特優，所以小鎮名為藍田。

抗日戰爭期間，藍田成了淪陷區和戰事危急地區人們的避難所，長沙部分機關、學校遷來後，漢口的一些企業也暫時遷來以避日軍的轟炸，藍田的紡織、麵粉加工、發電、印刷、皮革等工業迅速發展。為了供應戰事前線急需的棉布、棉紗、棉花，藍田機杼之聲終日不絕於耳，棉製品加工業尤為興盛，甚至有人管藍田叫「小南京」。藍田的人口一下子多了起來，據說那時外地遷來的中學有十七所，為此還新辦了藍田師範學院，也就是後來的湖南師範大學。

所以煙台聯中從杭州輾轉來到藍田，並非沒有原因，漣水的支流藍田河、升平河流經鎮內，有舟船之便。這座小鎮不僅有個美麗的名字，風光也不錯，學校先是安排學生住進了附近的人家，一戶人家接待三四名學生，一起吃住。後來學校和安化縣政府借了地方，便帶著學生搬出居民家，在宿舍住下，開始上課。

抗戰期間，長沙的許多學校也曾經遷至藍田上課，如今這裡當然不只有蓼藍，藍田已轉型成為農業結合工業的糧食紡織生產地，算是個富庶的小鎮。同學們到了週日還常回住過的人家拜訪，一方說山東話，另一方說湖南話，是否真弄明白了彼此的意思，有時也不能肯定。男同學調皮，才去就學會了一句克哪裡咯，意思是去哪啊，算是湖南人打招呼的一種方式，整天怪裡怪氣地掛在嘴上說。

語燕記得接待她們的人家有個大嬸，稱讚她的名字好聽，小燕小燕的喊，語燕說：「用山東話念可不好聽啊！」她給大嬸學了一遍，大嬸聽了直笑，問：「那你想叫什麼呢？小燕輕靈可愛，你說你爺爺取名時是看到簷下飛燕，要是他當時是看到池中水鴨，那可怎麼好？」

在安化住了下來，雯荔第一件事就是找到了當地的教會，不但星期天要去做禮拜，一個星期中還有兩個晚上要去聚會查經。雯荔從學校走到教會路上一定得經過一片菜園，同寢室的同學調皮，逼她得在菜園裡拔幾根黃瓜，她們才給她開門。語燕和書盈雖然和她感情特別好，但是年紀小玩心重，又深知雯荔信仰虔誠，一定不肯放棄去教會親近主，促狹的心使得她們也加入了同寢室同學的惡作劇中。

十二歲的孩子並不覺得在菜園裡頭偷偷拔個黃瓜是什麼了不得的事，但是雯荔卻覺得自己犯下了偷竊之罪，每回偷黃瓜都是滿心不安地邊拔邊在心裡向主懺悔，求主原諒自己，也原諒她這群不懂事的同學。同學們卻不在乎，還取笑她膽小，等雯荔帶著黃瓜回來，同學們洗了洗，就啃了起來，翠綠的黃瓜水分多，吃起來滿口清香，雖然不如西瓜多汁香瓜甜，但因為是逼著雯荔偷來的，大夥啃起來特別津津有味。

冬天早上，天氣冷，窗玻璃上薄薄一層霧氣，連窗外是晴是陰都看不清楚，整間寢室裡的人全賴床，不到上課前五分鐘，絕對不願意離開被窩。只有雯荔天天起早去水喉邊洗臉刷牙，還耐心地為寢室裡的每個人帶回濕毛巾，讓她們可以躲在被窩裡擦擦臉，再用杯子裡昨夜沒喝完剩下的水漱漱口，就這樣去上課了。語燕這群女孩年紀還小，一點不覺得自己這樣邋遢，而善良的雯荔也不記恨她們逼她偷黃瓜，雖然她的年紀最小，個子也最小，她卻像個姊姊般照顧著寢室裡每一個女孩。

語燕和同學們在安化上了一個學期課，這是他們流亡路上，比較安定的一段日子，老師們在克難的環境下恢復了授課，年輕的孩子抱怨課業繁重考試多，但只要空閒下來依然調皮搗蛋。雖然戰亂如火如荼，由北向南延燒，學生們不是不關心，只是消息來源有限，誰也弄不清全面的情況。畢竟年紀小，眼前的日子總還是要過的，苦中作樂也好過鎮日唉聲歎氣，也幸虧有這樣一些頑皮嬉鬧的學生，不然學校的氣氛就更沉重了。

民國三十八年一月二十一日，蔣介石宣布引退，由李宗仁代理總統。四個月過去，學校又帶著這群孩子去了衡陽。這段期間，南京政府見情勢委實不樂觀，於是提出了和共產黨「隔江而治」，國民黨帶著這已經顯得不合時宜了的主張，與中共展開和談，雙方談判代表周恩來和張治中是多年的朋友。黃埔軍校初辦時，張治中就進了黃埔，後任黃埔第四期軍官團團長，時任黃埔軍校政治部主任的周恩來從那時開始就與他共事。

和談正式展開，中共接受部分南京政府代表團提出的意見後，將最後定稿的《國內和平協定》送達南京政府代表團，提出以四月二十日為限期，南京代表團必須明確表示是否在協定上簽字，如果到時不簽，共產黨便將渡江，不再拖延。國民黨代表團十六日派代表黃紹竑和顧問屈武帶協定回到南京，直至四月二十日深夜才接到李宗仁、何應欽簽署的南京政府答覆中共的電文，拒絕了與共產黨協商後形成八條二十四款的《國內和平協定》。電文稱：「綜觀中共所提之協定全文，其基本精神所在，不啻為征服者對被征服者之處置，以解除兄弟鬩牆之爭端者，竟甚於敵國受降之形式，且複限期答覆，形成最後通牒，則又視和談之開端為戰爭之前夕。」

然而，讓人意想不到的是，二十日深夜，國民黨才做出不簽協議的決定，和談剛剛破局，翌日上午，各個城市街頭巷尾到賣報的小販手中報紙的頭條，口中叫喊的號外，卻是：共產黨已經打過長江！人們如夢初醒，原本期待和談可以帶來和平，結束內戰的願望此時宣告破滅。當南京政府拒絕在《國內和平協定》上簽字的時候，共產黨已經於四月二十日夜發起渡江戰役，二十日在荻港、二十一日凌晨在江陰渡江成功。國民黨原本還希望可以仰仗長江為天塹，猛遭突破後，「劃江而治」的夢想也化為泡影，國民黨只得將行政院遷至廣州。

眼看著國民黨節節敗退，語燕聽到老師說，哪裡哪裡又丟了，丟了，一個地方怎麼丟？一座城市的房子、街道、人，都可能消失不見，但是城市的所在地，總還是在那兒的。丟了，就是被共產黨占領了，語燕聽過的沒聽過的城市，出現在老師的談話中，老師們說起這些，其實是避開學生的，深怕自己的擔憂焦慮，影響了學生。學生群中也開始出現了不一樣的聲音，說：不該往下走了，學校根本不知道要把我們帶往何處？不如回家去加入共產黨，共產黨已經打過長江了，還會一路往南打，學校能帶我們去哪？去跳海嗎？

一天晚上，衡陽當地的學生前來流亡學校所在地舉辦晚會，表面上說是歡迎這群遠方來的同學，暗地裡其實是宣傳共產黨的思想。晚會有歌唱有短劇，歌曲的選擇、劇情的編排都潛藏著煽動情緒的意圖，勸說他們留下來加入共產黨，不要再跟著國民黨走。兩地年輕人從一開始的表演、看表演，逐漸演變成演講叫囂、喝倒采起鬨，終致打了起來。

語燕年紀小，對於那些學生說的講的，都不十分明白，同一所學校，十九歲的學生和十三歲的學生，心靈簡直是兩個世界。因此老師們對語燕這一班初一的學生，少了許多提防，他們才剛剛在離家的路上由十二歲邁上十三歲，真真正正還只是個孩子，對自己所處的境況，甚至不能理解。語燕不希望共產黨打勝，一方面，共產黨要打倒地主，她知道她們家就是所謂的地主，是要被打倒的；另一方面，她也知道，國民黨贏了，她才能早點回家，現在的她天天想家，想媽媽，想回家，外面的世界有多大，她一點都不關心了。

古人說，候鳥南飛是不過衡陽的，所以有北雁南飛，至此歇翅停回的說法，從北方來的候鳥棲息在衡陽城南的回雁峰，因此衡陽另有一個名字叫雁城。於是學校到衡陽時，有同學說，不走了，這樣一路走，走到哪是個頭？

就像他們學會的那一句湖南話克哪裡咯，原是當地人打招呼的一種開場白，也不見得是真心相詢，如今對他們來說卻是迫切想知道，誰能告訴他們接下來要去哪裡？

學校的課又停了，書盈約了語燕去爬回雁峰，回雁峰聳立在衡陽市南門口湘江之濱，是南嶽七十二峰之首，當地人說北來的大雁飛至此處，便不再南飛，轉而棲息等待著來年春天，再飛回北方，所以取名回雁峰。國文老師昨天告訴他們，不但杜甫寫過「萬里衡陽雁，今年又北歸」的詩句，北宋王安石也有詩句：「萬里衡陽雁，尋常到此回。」同學們閒來無事，便相約往回雁峰爬山，回雁峰的山門是一座石砌牌坊，過山門不遠後有半山亭，再往上走，越過「百步雲梯」後就可到達頂峰。峰頂有座歷史悠久的雁峰寺，這座寺廟始建於南北朝時期，梁武帝時稱乘雲寺，唐以後改稱雁峰寺，與花藥寺、西禪寺、羅漢寺並稱為衡陽佛教禪宗四大寺院。

雁峰煙雨原是衡陽八景之一，語燕和同學去爬回雁峰那日，才上山，就開始飄雨，從雁峰北眺城區，東望湘水，霧氣環繞，正是著名的雁峰煙雨。陽春時節，語燕站在一棵遲開的桃花樹下，粉紅的花瓣被雨打落，一片一片飛舞著，隨即落在地上，語燕看著那些落在地上的花瓣，想起自己離開家已經整整半年了。

山下路邊有小販支起油鍋賣炸臭豆腐，漆黑的豆腐滋滋作響，語燕想起家鄉的灰豆腐，媽媽會加上蔥蒜醬油拌著吃，上桌前淋一點芝麻油。那豆腐之所以呈現灰色，是因為用麥稈燒的灰包裹過，麥稈灰吸收了豆腐裡的水分，反覆裹了幾次灰之後，豆腐就變得乾燥，口感發硬，是沒有冷藏設備時保存豆腐的一種方式，在家時語燕並不愛吃，現在卻有些想念媽媽拌的灰豆腐。

語燕寫信給父母，說想回家，不想走了，從爸爸上一封來信，語燕知道爸媽已經帶著兩個弟弟離開煙台老家，去了江西南昌。家裡是地主，共產黨來了還不知道會給編派上什麼罪名，父親於是改了名字，帶著妻小從老家逃了出來，去到一個沒人認識他們的地方。語燕在寫給爸爸的信上說，她想和他們一起待在江西，不想一個人走。

語燕不知道爸爸有沒有收到她的信，但是她天天盼著家裡回信，學校其實還要向南走，南京、鎮江都已經淪陷了，只是校長一時尋不到交通工具，只能暫時停在衡陽，借了地方安排學生住下。為了打發時間，語燕天天和同學去看免費電影，流亡學生沒錢買票，影院老闆卻也不敢攔著不讓進，女孩們不會鬧事，男孩們力氣有的是，鬧起來一點不嫌煩。電影院為圖個安靜，不願惹事，也就任由學生們進進出出看電影。雖然電影院沒換新片，但反正無聊，語燕就天天去看，對白都會背了，也不走，霸著電影院，直到老闆撐不住了，他們看垮了那家戲院，才作罷。

離家前，媽媽特別為語燕買了新的保暖內衣，漂亮的粉紅色，不只是語燕，許多女同學都有，也是漂亮的粉紅色，一天她們將洗好的衛生衣晾在院子裡，臨時學校旁邊有個中年婦人看見了，問她們賣不賣？那個年代舊衣服能當也能賣，一個同學問：多少錢？婦人說了個價，一個女孩說：「能吃好幾碗麵呢，還能再買包花生糖。」另一個說：「天就要熱了，反正也穿不著。」眾人心裡想，是啊，天都要熱了，誰還穿保暖內衣，且南方不像北方那般冷，保暖內衣帶著還麻煩，於是心一橫，她們全把保暖內衣賣了，一夥人高高興興去吃麵。後來，她們聽說男同學有的連棉被也賣了，不是不覺得冷，是實在饞得慌，晚上睡覺就蓋著棉襖湊合，反正看著這情勢還要往南走。

在衡陽，語燕生平第一次吃到橘子，她覺得那酸甜多汁的滋味是老家的水果比不上的，煙台盛產蘋果，不僅作為水果生吃，也煮熟了當糧食吃，蘋果酸煮熟後就不傷胃了。盛產季空氣中飄著蘋果香，煙台酒廠也以蘋果釀酒，語燕卻不覺得那是香，聞得多了，她還覺得反胃。現在吃到橘子，別人嫌酸，語燕卻喜歡，剝開皮，一股特有的芳香，略帶刺激的氣味，橘瓣放入口中，輕輕咬下，香甜酸爽的濃郁果汁爭相迸裂，湧入口中，真是過癮。

橘子雖然好吃，但語燕更想家。

老師告訴他們，《晏子春秋‧雜下之十》有這樣一段話：「嬰聞之：橘生淮南則為橘，生於淮北則為枳，葉徒相似，其實味不同。所以然者何？水土異也。」水土不同，植物也會長得不一樣，那麼人呢？人離開了家會怎麼樣呢？語燕的年紀小，不明白老師在說這段典故的時候，是什麼樣的心情，她只是想著自己應該繼續跟著學校走嗎？校長當初說離開一年，現在他們已經走了半年，半年後能回去嗎？淪陷的區域一直在擴大，如果他們是為了遠離共產制度而走，那麼何時才能重返煙台？

語燕問老師：「今年十月真能像校長講的那樣，回去降旗嗎？」

老師沉默著，沒有回答。

語燕不明白老師是無法回答，他知道十月是不可能回去的，情勢的發展比原本估計的更不樂觀。

語燕不肯放棄，又追著問：「我們什麼時候能回家？我想家了。」

老師勉強說：「不會太久的。」說完別過頭去，不敢讓語燕看見他眼眶裡泛起的淚光。

這一天傍晚，語燕吃完飯，在水槽刷洗著自己的碗，旁邊高中部的一個學長姚鵬飛突然對語燕說：「你這麼小出來做什麼？回去，你要是我妹，我一定不讓你出來，快回家去。」

語燕的淚在眼眶裡打轉，她極力忍著不讓淚落下。

這時候，王曉東蹭了過來，沒聽見姚鵬飛說了什麼，看到他們便想顯擺顯擺剛學來的另一句湖南話：「恰飯裡不？」

姚鵬飛沒好氣地回答：「沒恰飯刷什麼碗？」

幾隻淺灰色的飛蛾繞著水槽上方暈黃的燈泡又撲又撞，暮春時節，天黑之後隨著風又有了一點涼意，伴風而來的還有夜來香的香氣，讓流亡學生的異鄉夜晚稍稍少了些淒涼。

一個月後，語燕終於接到父親的回信，信上說語燕如果不想走了，就留在湖南等，父親會從南昌去衡陽接她，然而收到這封回信時，語燕已經又離開了衡陽，朝廣州出發，她終於沒能再與父母團聚。

後來語燕的弟弟說，爸爸拿語燕的八字找人算命，算命的說，這孩子一定得離家，不然長不大。其實是一個父親不捨的心情，算命先生哪會不明白，顧念他的矛盾和無奈，加之那時兩岸已陷入隔絕，離家的女兒是喚不回了，算命沒法改變已經發生的生別離，不過是求個心安，希望有人能告訴自己，把女兒送走，沒有做錯。

4

民國三十七年，遼沈、淮海、平津三大戰役的勝利給了共產黨極大的信心，他們喊出了「打過長江去，解放全中國」的口號。三大戰役固然鼓舞了共產黨，但是光是長春圍城已讓民眾心驚，民國三十七年，林彪率領的東北野戰軍圍困長春，對長春實行久困長圍，採取軍事包圍和經濟封鎖，長春被圍歷時五個月，造成大批平民餓死。據說在那五個月中，城內一切木質結構，甚至路上鋪的瀝青都充作燃料，而一切可以當做食物的東西，不論樹皮、樹葉，都被逃不出去的饑民啃吞殆盡。

被圍的國民黨無法可施，於是讓企圖逃出長春的民眾出城，但是民眾一旦選擇出城就不可以再返回。共軍剛開始對於出城民眾，搜查審問過後無可疑，一般會予以放行，但隨著膠著的時間拉長，僵持的兩軍益發緊繃，出現了圍阻捆綁出城百姓，甚至開槍射殺的行動。大批饑民出不去也回不來，被迫滯留在兩軍控制勢力相接的環城地帶，除了承受身體的饑餓，還有心裡的恐懼，沉重地壓迫已經心力交瘁的民眾，陷在環城處進退維谷的老百姓終至餓死，屍體橫陳。多年以後，據一些當事人回憶，圍城期間包圍圈中曾經發生食人悲劇，而吞噬同類屍體的人也只不過是還想活下去。

那時那處，能不能活下去尚未可知，然而如若可以僥倖活著，餘生卻只怕長夜惡夢無盡。圍城最後以國民黨軍投降而告終。

民國三十八年五月十二日，第三野戰軍發起了上海戰役，十五天後，上海淪陷了，這一場戰役國民黨守軍死了十五萬三千人。然而相較於內戰的其他戰役，這並不算慘烈，一場內戰下來，死亡人數難以數計。更多的平民百姓在這一場他們無力阻止的戰役前面，只能躲避，遠走他鄉，然而遷徙以後，又該如何往下走？

活著，原是人類最卑微的願望。現實的慘酷卻讓大家沒法想，長春的居民人口由圍城戰役前的五十萬銳減到圍城後的十七萬，國民黨《中央日報》戰後的報導稱城外屍骨不下十五萬具。

上海棄守，其後數月，國民黨軍接連在江浙、兩湖、閩粵等地失利，可謂兵敗如山倒。四月的和談失敗，國民黨並不意外，和談本來就是只有在有勝算時才能往下談，共產黨接受和談不過是做樣子，並沒有達成協定的誠意。和談破局是意料中的事，但是前往北平談判的國民黨代表團全部留在北平，不回來了，讓國民黨既氣憤又難堪。

民國三十八年六月十五日，廣州中央社發出電訊——《張治中在平被扣詳情》，先是指共產黨扣住談判代表，後來又改稱有代表投共。張治中看了報導，六月二十六日發表《對時局的聲明》中說：「我居留北平已八十天了，以我所見所聞的，覺得處處顯露出一種新的轉變，新的趨向，象徵著我們國家民族的前途已顯示出新的希望。」張治中並且在聲明中表示：「我覺得，各地同志們，應該懲前毖後，當機立斷，毅然決然表示與中共推誠合作，為孫先生的革命三民主義，亦即為中共新民主主義的實現而共同努力。」

語燕在學校裡聽到年級較高的同學們談論報上的事，但是局勢的複雜詭譎，實在不是一個十三歲的孩子能理解的。帶著這一群孩子的師長們心裡滿是憂慮，明天該何去何從？廣州能是久留之地嗎？學生裡已經有些人不願再跟著走，轉而北返，回到了淪陷區，就像候鳥一般，他們在秋天的時候離開了北方，又在春季時，離開了南方回到北方，而此時中國的政局已經換了旗幟，有了翻天覆地的變化。

半個世紀後，語燕的女兒品荷到北京採訪，見到了張治中的兒子，一個外形儒雅態度溫和的人，他親切地說：「我是張治中的兒子。」

品荷誤以為說的是抗戰名將張自忠，民國二十九年五月，日軍為了切斷通往重慶運輸線，集結三十萬大軍發動棗宜會戰，當時中國第三十三集團軍只有兩個團駐守襄河西岸，張自忠作為集團軍總司令，親自率領部隊出擊作戰，由副總司令留守，張自忠親筆昭告部隊：「國家到了如此地步，除我等為其死，毫無其他辦法。更相信，只要我等能本此決心，我們國家及我五千年歷史之民族，決不至亡於區區三島倭奴之手。為國家民族死之決心，海不清，石不爛，決不半點改變。」戰事持續多日，張自忠率領一千五百餘人被近六千名日軍包圍在南瓜店以北的溝沿裡村，情勢慘烈，張自忠身邊士兵大多數陣亡，他被炮彈炸傷右腿，不得不撤至杏仁山，他將自己的衛隊調去前方增援，身邊只剩下高級參謀張敬和副官馬孝堂等八人。

根據日方資料，民國二十九年五月十六日下午，日軍第四隊一等兵藤岡是第一個衝上前的，他看見血泊裡站起一個軍官，他驚愕地愣在原處。隨後的第三中隊長堂野此時開了槍，槍彈擊中了軍官的頭部，但他仍然沒有倒下，回過神來的藤岡這才拿起刺刀猛然刺向中國軍官，軍官終於倒地。品荷小時候看過台灣中央電影公司拍的電影《英烈千秋》，印象深刻，立刻點頭，嘴上真誠地說：「久仰，您父親可是名將。」

對方的表情隱約有些意外，他不知道，品荷成長的年代，台灣的歷史教材對於「共匪竊據大陸」的過程匆匆一筆帶過，因為缺乏近代史的知識，品荷想當然爾的失誤，使得原本的不得體，竟成了社交場上的應酬話。而她其實說得真心，所以滿臉誠懇，她心裡想的是柯俊雄飾演的張自忠，和甄珍飾演的女兒，在日軍占領北平後，父女長巷相遇不敢相認的畫面。一次次淪陷的城市，是這個國度人民的共同命運，不論是淪陷還是解放，也只是換個說法。

只不過品荷這真心卻來自錯誤的認知，但她當時不知道，餐會結束後，才知道同是張將軍，一個在抗日戰爭中壯烈犧牲，一個在國共和談中代表國民黨。名字發音的細微差異，是因為生在南方島嶼，使得品荷未察，但也是兩岸不同的歷史演繹，各有所重，亦不免出現一些有意忽略不談的遮掩，讓品荷的誤會，反而淡化了一種時過境遷不宜彰顯的尷尬。

這樣的荒謬在這半個多世紀的中國，並不缺乏，且以各種不同形態存在。好比初開放探親時流傳的笑話，國民黨老兵回到大陸，見到家鄉的共產黨，為表友善，於是一口一個共匪同志，時間久了，共匪成了專有名詞，不帶貶義性的。

三十八年六月二日，青島淪陷。

學校是回不去青島了，衡陽也無法久留，南京、杭州、武漢相繼淪陷，學校帶著學生由衡陽坐船往廣州，船總是在天黑後行駛，在夜色的掩護之下，怎麼也比白日天光的隱密些。內戰如火如荼，整個中國陷入動盪，已經淪陷的地區每天都在增加，儘量不引起人注意，是完全沒有武裝的師生唯一能做的自我保護。學生們白天就睡在船艙，為了安全，每艘船都有年紀較大的男學生押船，男生睡在船艙的一側，女生睡在另一側，中間就是語燕這樣才十二、三歲的學生，好隔開年紀大的，這也是老師們在沒法可想的情況下做出的權宜之計。

終於，船到了廣州，學生背著自己的行李上岸步行，語燕的個子小，加上棉被的行李，幾乎和她一般高，她實在走不動，漸漸掉了隊。走到珠江橋頭，老師同學們連看也看不到了，原本語燕還只是跟不上，落在了後面，至少是看得到的他們走在前面，這會兒語燕一個人坐在橋頭，視線所及處，完全看不到一個認識的人。她想問路，發現周遭人講的話，她一句也聽不懂。

語燕不想走了，也走不動了，就一個人坐在橋頭哭，她想就這樣死了也無所謂，她實在是太累了。不知道哭了多久，雯荔找了來，見到語燕，她沒說一句話，背起語燕沉重的行李，拉著語燕的手，繼續走。原來同學老師們就在前方不遠處，拐個彎就到了，語燕就是少走了幾步，竟沒看到，差一點就流落街頭。

到了廣州，天氣熱了，加上畢竟是南方，溫度高又潮濕，男同學紛紛把禦寒衣物賣了，他們說反正在廣州用不到。若是哪天又要往北走，那就是能回家了，既然能回家了，還在乎一條被子一件棉襖，禦寒的衣物家裡總是有的。他們拿賣被子賣冬衣的錢買吃的，人說吃在廣州，真是沒錯，餐館窮學生吃不起，路邊小攤賣的小吃一樣誘人。

學校借住的地方沒法正常開伙，就煮一大鍋飯，然後發給學生一天一毛錢的菜錢，讓學生自己去買配飯的菜，醬菜滷菜都行，有些同學胃口大，甚至買來整瓶的辣椒醬配飯吃，正長的年齡，營養是顧不上了，能吃飽就算不錯。

每天煮好的米飯就用盆子裝著，同學們吃時自己盛，那盆子語燕看了就沒胃口，她懷疑那盆子在吃飯之外的時間還有其他用途，洗臉洗衣洗襪子，說不定還洗腳。語燕吃不下飯，眉臻學姊擔心語燕總不吃飯怎麼行？她省下學校每天發的一毛錢菜錢，自己只吃白飯，和語燕的一毛錢湊成兩毛，可以在麵包店買一塊土司麵包給語燕吃。

語燕家裡其實寄了錢給他們的，但是錢寄給了流翔，因為她的輩分高，年紀也大一些。但是流翔收到了錢，卻沒有給語燕，語燕雖然知道，不過因為在家時就和流翔不睦，受過她欺負，為了小女孩的自尊心，她不願意和流翔要錢。一天下午，流翔遇到了何書盈，隨口問了一句：「語燕呢？怎麼沒看到她。」

何書盈為語燕抱不平，故意回答：「語燕沒得吃，已經餓死了。」

然而，同學們站在語燕這邊抱不平的態度，使得流翔更加討厭語燕，在家時，長輩們就因為語燕長得漂亮，喜歡她。如今同學們也是，語燕的人緣好，朋友比她多，流翔雖然成績好，同學們卻不喜歡她。對於十三四歲的孩子而言，同儕團體的力量是很大的，流翔同樣有小女孩的自尊心，語燕因為自尊不願意找流翔拿錢，流翔也因為語燕的好人緣傷了她的自尊，更加不理語燕。

語燕胃口本就不好，再加上缺乏營養，身體愈發弱了，炎熱且潮濕的天氣裡，她每天食不下嚥，只想吃鳳梨，酸酸甜甜的滋味，冰涼多汁的口感。離開山東之後，語燕先是在湖南吃了橘子，現在又在廣州吃了鳳梨，馥郁芳香美好多汁的果子，都是她在煙台沒嘗過的，橙紅豔黃間揉雜了異地風土的新奇和離鄉背井的苦楚。

年輕的學生們日日在珠江橋邊上晃蕩，謠言紛起，有些學生暗地計畫回家，不再跟著學校走，眼看著一路往南，都到中國的邊陲了，還能往哪走？整個廣州人心惶惶，有人說該去四川，當時四川還是在國民黨手上的，也有人說該去台灣。主張去四川的人認為，當年抗戰，不就是遷都重慶，然後打敗了日本人，現在也可以以四川為根據地，再從共產黨手裡收復大陸，台灣畢竟太遠了，而且聽說那裡不但有颱風還有地震。主張去台灣的人自然是憂心國民黨守不住四川，那時可就無路可退了，台灣至少隔著海，共產黨要打過海峽，可不是那麼容易。

這些語燕、雯荔和書盈可不懂，她們離家時才十二歲，如今在外面漂泊流亡了近一年，仍然想不明白其中緣故，想家時只知道哭。廣州當地人家約莫是看著這幾個小女孩可憐，有個中年婦人常常來召喚語燕她們幾個去家裡吃飯，叮囑她們別和其他人說。畢竟他們也是尋常百姓，又在連年戰亂之時，可沒有開善堂的能力，不過是略微寬裕些，願意分給幾個離家在外的孩子，讓他們感受一點溫暖。

婦人家是座老宅，門前是騎樓，進屋後樓梯往上宛轉三層，飯桌擺在後廳，牆上有隻掛鐘，掛鐘純白素底上一到十二的黑色數字分外清楚。雖然是白天，但是後廳沒有窗，就靠天花板垂下的一盞燈，她們幾個小女孩和婦人的公公婆婆圍著圓桌一起吃飯。住家飯就是香，單是米飯都比學校蒸煮的可口，婦人從廚房端出炒芥藍、燒茄子、醃菜燜豆腐，有時芥藍換成了豇豆，茄子換成了瓠瓜，偶爾有一小碟鹹魚蒸肉餅。數十年後她們依然記得在廣州意外得享的美好，語燕想，如果能回請他們吃頓飯表達感謝該有多好，只是人海茫茫，加之時間久遠，對於來自萍水相逢意外收穫善意的這份感念，恐怕也只能留存心裡了。

一九四九年十月一日共產黨宣布中華人民共和國成立，不久，共軍便大舉進攻金門，未能獲勝，此戰或許已經昭示著未來兩岸分離數十載的命運，只是當時老百姓並不知道。

十一月中旬，西南保衛戰進入最後決戰階段，蔣介石巡視重慶市，十一月二十八日的日記記載：「沿途車輛梗塞，憲警已無法維持秩序，一般民眾更焦急彷徨，令人不忍卒睹。」十二月七日，國民黨政府行政院已決議遷都台北，此時蔣介石仍在成都，是否仍在心中估量著以四川為根據地，收復大陸的可能，正如當初從日本人手中打贏這一戰。不料未久，蔣介石得知雲南省主席盧漢致電西康省主席劉文輝，欲聯同四川將領叛變，這才匆匆自成都鳳凰山機場登機，下午兩點飛機起飛，這是蔣介石對大陸的最後一瞥，從此沒再踏上故土一步。

還有許多百姓和蔣介石一樣，從此未再重返故鄉。

語燕所屬的煙台聯中一路流亡的情況雖然艱苦，但還算是比較幸運的，另一所山東的學校海岱中學為了躲避戰爭，遷到江蘇宜興，借用當地的祠堂廟宇上課。據宜興當地人回憶學生們都穿著黑色的校服，開始時還可領到津貼，後來，國民黨節節敗退，顧不上學生，他們只好變賣家裡帶出來的首飾，等身上值點錢的東西賣光，甚至開始討飯。共產黨渡江前，海岱中學又向南逃跑，坐船過太湖，據說有的船翻了，淹死了許多，其餘的逃到台灣。

學校在廣州又呆了一陣，聽說接著會搭船到澎湖。語燕家裡來信說，別再跟學校走了，這樣走下去，不知道去了哪，要語燕和流翔留在廣州等，流翔的父親，也就是語燕的叔祖父，正設法去廣州，等他到了廣州，再帶著她們一起去基隆。

5

民國三十八年，語燕和叔公、姑姑到了基隆，叔公原本在青島的生意做得很大，但是倉促離開，工廠的設備是帶不走的，勉強買了船票，剛到基隆時他們簡直一貧如洗，生活很苦。為了賺取一點收入，語燕和姑姑在路邊賣過衛生紙和肥皂，每天吃飯只有一道菜，冬天是高麗菜，夏天是空心菜，傍晚炒了當晚飯，吃剩下的就第二天帶飯。

高麗菜裝在便當盒裡，學校廚房蒸過加熱後顯現出一種怪異的粉紅色，天氣熱的時候，他們也沒有冰箱儲放食物，到翌日中午，菜飯已經有些發酸，但也沒法，如果不勉強下嚥，只能餓肚子。所以語燕在基隆新轉入的學校裡總不願意和同學一起吃飯，本地同學便當的菜色比她好多了，有肉有蛋，再不濟，素菜蘿蔔也變著花樣，沒人的便當天天一個樣，臉皮薄的她深怕別人看到她吃得如此寒磣。

生活苦，不但沒得吃，也沒得穿，語燕的叔公沈威每天在外奔波，苦思如何沒有本錢也能尋找到些頭路，和認識的不認識的人打聽著有什麼營生可做，哪裡有心思留意女兒流翔和侄孫女語燕。

沈威原本在青島從事紡織業，還投資經營酒廠，生意規模大，獲利穩健。抗戰勝利不久，局勢就亂了，沈威心裡知道山東不能久留，但紡織廠設備多，遷廠是大事，要往哪裡遷？必須審慎評估。青島商界的一些朋友多數主張遷台灣，四川在抗戰時雖是後方根據地，畢竟地處內陸，不如台灣有海港之便，產品外銷容易。但是沈威不瞭解台灣，聽人說那裡地震颱風多，他的個性保守，為求妥當，便派了手下親自前往考察，一來一往兩個月才回來，沈威的手下對台灣的評價不高，這使得沈威更加猶豫。時局變得很快，等到民國三十八年，別說遷廠了，能買到一張船票，人走得了都不是件容易的事，沈威終於錯過了遷廠的時機，除了兩個半大的孩子，什麼都沒能帶出來。

沈威怨自己所託非人，提供給他不實的消息，也怨自己瞻前顧後不夠果斷，失去了原本大有可為的產業。昔日青島商場的朋友來到台灣後常常約著聚會吃飯，一方面略解思鄉之情，另一方面也交換些商業訊息，沈威因為自己阮囊羞澀，請不起飯局，又不願白吃白喝，苦惱得不得了，總要搜索枯腸找些理由不參加聚會，這些委屈窩囊都不是語燕這樣年紀的孩子能懂得的。

偏偏流翔、語燕兩個人正是長個子的年紀，一年多前從家裡帶出來的衣服已經嫌小，姑侄倆沒法，只好自己摸索著將舊衣服的袖子、裙擺儘量再放出來些，湊合著穿。學校規定的制服她們沒錢買，也不敢和大人說，沈威每天為了生活奔波，寅吃卯糧的憂慮使得他脾氣愈來愈焦躁，和原本在青島時因為事業興隆自信滿滿，而擁有的悠閒氣度完全不可同日而語。眼下連生活費也張羅不出來，沒有錢，流翔、語燕姑侄倆衣服繼續穿舊的，老師責罵只能忍著，想方設法拖延，說學校必須穿制服的規定已經告訴家長，家長正在想辦法，勉強也還能湊合往下混，老師就是責備，也不能不讓她們上課。但鞋子破了舊了，並且已經明顯小了，可就沒法湊合。

流翔硬著頭皮和父親說，鞋子實在沒法穿了，父親聽了，沒有吭聲，夜裡，兩個女孩睡了，他悄悄量了量女兒的腳，記在心裡，出去四處跑的時候，留意著有沒有便宜的特價鞋，看到了，便趕忙買了兩雙，兩雙鞋的尺碼一樣大。男人粗心，兩個女孩看來一般高，但是流翔的腳要比語燕小兩號，語燕總是穿著小了兩號的鞋，新鞋不合腳，穿起來每走一步都疼，不穿又不行，總不能赤著腳出門，原本的鞋都已經開口了。

鞋不夠大，壞得特別快，沒多久新鞋就綻開了。日子過得捉襟見肘的叔公不免抱怨，怎麼語燕特別費鞋，女孩家不好好走，肯定是邊走邊踢著玩耍，鞋才壞得這樣快，明明是一起買的鞋，流翔的就還能穿。語燕心裡委屈，她想，流翔是你的女兒，你只關心她，知道她穿幾號鞋，你的眼裡根本沒有我，你買兩雙鞋，不過是怕回老家後，親戚問起，說你虐待侄孫女。

生活艱苦，父母又不在跟前，委屈沒人可說，還好學校裡有要好的同學相伴，在學校書袖和語燕感情特別好。書袖家裡生活也苦，民國三十八年，書袖的父親帶著一大家子來到台灣，元配當年在大陸已經過世，他又續了弦，前後兩個媽生的孩子加在一起，不僅紛爭多，花銷也大。

語燕的便當裡只有高麗菜，書袖的便當裡則永遠是煎豆腐，兩個女孩發現了彼此的祕密，不禁大笑了起來，是真的開心地笑，並不覺得酸澀。她們不怕吃苦，但是不如人的自卑，在十幾歲的年紀特別難受，強烈的自尊心使得她們非得如刺蝟般武裝起自己，保護一碰就疼的內裡。自從知道了彼此的祕密，書袖和語燕於是天天一起吃午飯，書袖分一半煎豆腐給語燕，語燕分一半高麗菜給書袖，每個人就有兩道菜了。

後來，書袖轉讀護校，不在基隆了，家裡給書袖買了一雙新雨鞋，書袖的腳和語燕一般大，她立刻就給語燕送去了，她說基隆多雨，語燕每天上學要走許多路，腳總是濕的怎麼行。讓書袖後母知道了，自然是一頓罵，家裡好不容易東挪西湊地勉強給每個孩子買了一雙雨鞋，為的就是基隆多雨，怕孩子濕了腳。孩子倒好，一點不體諒家裡的艱難，就這麼一雙鞋還窮大方給了別人，完全沒有捨不得。但後母的責罵一點不影響她和語燕兩人的情感。

基隆確實是多雨，下雨的日子遠遠多過天晴的日子，語燕穿著書袖給她的新雨鞋，走在往學校的路上，踩過一個又一個水窪。水窪映照出天空，語燕怔怔望著，那是一個顛倒的世界，上下反著，看著看著，一滴淚滴進了水窪，夾雜在飄落的雨水裡，分不清哪一朵漣漪是淚滴的，哪一朵又是雨滴的？

她突然好想家，其實不應該說是突然，她天天都想。

只是這一刻，她想起了還在讀小學時，下雨天穿著雨鞋邊玩邊走回家，夏季裡，雨絲透出一股子清涼，孩子都不怕淋雨。只是頭髮、衣服沾了雨水，回家自然招來媽媽的囉嗦，看你感冒了怎麼辦？現在她多想再聽聽媽媽數落她，頭疼發燒統統不要緊，雨鞋踩破了天空，語燕的回憶陷進了破碎的天空裡。

就在這讓心情愈發陰鬱的雨季，語燕收到雯荔的信，雯荔信上說：「在基隆讀完初中，你回來學校吧，學校就要離開澎湖，聽說會到員林去，這裡都是舊同學，大家有個照應，我會和胡老師說，請他幫忙。你一向和姑姑處得不好，現在你不更受她的氣，雖說一個是你姑姑，一個是你叔公，但畢竟他們才是親父女，你若考上了師範生，上學吃飯都不用再花他們的錢。」

語燕看完信，仔細將信折好，放回信封，雯荔說的沒錯。之前書袖提議她一起去讀護校，語燕不願意，她實在害怕醫院裡的氣氛；但是讀師範不同，教導小學生她是願意的。更何況，如果去員林，同學們在這裡都沒家，她的心裡也好過些，不像現在讀的基隆女中，眼瞅著同學們有爸爸媽媽在身邊，真是分外難受。

語燕認真地考慮，也許她真的應該回煙台聯中。離開山東之後，一路流亡遷徙的聯中，在澎湖發生了許多事，那時的語燕對於這些事並不知道，直到後來才斷斷續續從其他同學那裡聽說，遷到員林的流亡學校已經改名為員林實驗中學。三十八年山東流亡學校到達澎湖，兩年後，另有隨海南島撤軍而來的瓊州中學師生，加入了山東流亡學校。在澎湖的三年，師生們生活十分艱苦，流亡學校校長苑覺非不得不四處奔走請託，終於在四十二年二月十二日帶著來自山東和海南的流亡師生遷到員林。

躊躇矛盾的語燕收到雯荔的信後很想找人商量，她一方面覺得雯荔說得對，回去煙台聯中，也就是現在的員林實中讀師範，生活開銷就得到了解決，不需要再寄人籬下。語燕也明白，叔公眼裡自然偏愛自己女兒的，這是天性，好比明明語燕和流翔考試的分數一樣，成績單拿回家簽名時，叔公只會稱讚流翔，對於語燕遞給他的成績單，不過是作為長輩不得不應付，草草簽了名，從不細看。因為他並不真的關心，這些差別待遇都讓語燕覺得無比委屈，恨不得立刻離開那個「家」。

只是實在無處可去，語燕在台灣舉目無親，叔公和流翔姑姑已經是她最親的人。

基隆女中初中畢業之後，考師範對語燕來說，確實是最好的一條路，但是她又捨不得基隆女中的同學們，尤其棋鵑、安雪是她在煙台的小學同學，沒想到在基隆又能重聚，若是在家鄉這原也沒什麼，但是千里迢迢從山東到台灣還能再度成為同學，那可是多麼難得的緣分。就連書袖儘管轉了學去讀護校，總還是常回基隆，週末兩人可以聚一聚，說說身邊發生的事。語燕雖然不喜歡流翔，但是這些好姊妹她真捨不得離開。

語燕想起了學姊眉臻，要是這會她在就好了，眉臻一向照顧她，年紀大些，人又聰明，特別會分析事情。跟著學校到廣州後，眉臻也沒去澎湖，而是先留在了廣州，沒課時她偶爾會去一個地方，語燕跟著去過一次，語燕雖然年紀小，但還是隱約覺得那個地方的人在做些不一般的事。

就在學校即將離開廣州時，眉臻學姊收到家裡的信，要她設法回青島，眉臻學姊歸心似箭。她是家裡的長女，原本就對母親特別放心不下，離開家的一年多，更是日夜牽掛，眼下看起來，如果不當機立斷選擇回去，恐怕真回不去了。

眉臻學姊是有男朋友的，在青島讀高中時，兩人已經有深厚的感情，蒙樂學長知道眉臻一心想回青島，他決定若眉臻回去，他絕不獨自往台灣，一定也跟著回去，若是不回去，再見面真不知道是何年何月？但是山東淪陷的時間早，共產黨控制得也嚴密，想從廣州回山東並不容易，一不小心就給當成國民黨特務抓了起來。

蒙樂為了女朋友，於是寫信聯繫他平日投稿廣西桂林的一家報社，報社副刊登過他好幾首詩，都是寫給眉臻的情詩，眉臻是他最大的靈感來源，而眉臻不也是為了他的才華而傾心的嗎？為了爭取女友留在身邊，蒙樂在信中向副刊編輯表明求職的意願。因為欣賞他的文筆，也相信年輕人有幹勁，副刊主編真的為他介紹了一份記者的工作，也在報社上班。

當時從廣州回山東難，但若是去廣西還是可行的，兩廣還在國民黨的掌控中。蒙樂一心以為只要有了工作，能夠自立，眉臻會願意跟他一起先去廣西，等局勢穩定，再想辦法回青島。蒙樂學長決定立即動身，以免工作沒法為他久久懸缺，那樣的時局，火車時開時停，路上還不知道要耽誤多少時間。他於是向眉臻提出求婚，要她同行，等到廣西安頓好，兩人就結婚。畢竟是內戰非常時期，顧不得徵求父母同意，再專程攜禮上家中提親這樣的習俗了。

眉臻卻猶豫了，她知道就算到了廣西，要再回青島也非易事。

蒙樂此時已先行出發，搭上去廣西的火車，他要用實際行動證明他能照顧眉臻，首先到報社報到，預支一個月薪水租下房子，在廣西建立起穩定的生活，再來廣州接眉臻。

沒想到眉臻執意回青島，蒙樂才剛上火車往廣西，眉臻也離校了。有人說眉臻在校外認識了一個有辦法的男人，能送她回青島，這個消息繪聲繪影地在學校傳開，西裝革履的男人不但自己有車，來學校接送過眉臻，為了讓眉臻能安心照顧家裡，還給過眉臻金條，只是男人已有妻室。

另有一個比較隱密的傳言，有人私下議論，沒人敢公開談，則是說眉臻為「組織」所吸收，前往青島收集地下情報。

語燕腦子裡浮現起和眉臻學姊去過的那個神祕地方，廣州鬧市街區的三樓，有整排鄰街窗簾密密拉上的格子窗，屋後還有一扇小門連接著建築後方的防火梯，若是發生緊急情況，可以不經建築的大門離開。

語燕寧願相信後一個傳言。

眉臻和蒙樂兩人那年在廣州分飛後，一個去了桂林，一個回了青島，從此再也沒有見過。

語燕想，無論如何，眉臻學姊的心裡一定是遺憾的，但蒙樂學長呢？為了她，沒有來台灣，隻身一人去了和台灣一樣陌生的桂林，當桂林淪陷後，流亡學生的過往有沒有為他帶來麻煩？他的心裡可曾怨過眉臻？畢竟是為了她，他才會去廣西的啊。

眉臻學姊回到青島後，去年才輾轉來到台灣，語燕知道她也來了台灣，打聽到她在台北，特地去看她。眉臻見到語燕很高興，他鄉遇故知，眉臻有如見到了自己的親妹妹。語燕雖然想知道眉臻是怎麼一路從青島來到台灣的？但因為先前聽到的謠言，不論前後哪一個，都有難以和人說的顧慮，終於還是沒問出口。

週末沒有課，不用去學校，她可以去台北找眉臻學姊，好久沒見她了，怪想她的，也正好問問，她和蒙樂學長聯繫上了嗎？語燕聽其他學姊說，他們兩人分開後，學長每天寫一首詩給眉臻學姊，詩句纏綿，讀了盪氣迴腸，就是草木也會被打動。上次見到眉臻學姊，語燕知道眉臻學姊到台灣後也一直試著打聽與男友聯繫的方式，不知道是否已經通上信了，那時大陸台灣之間往返信件經過香港轉寄，有時還能收到，但一往一返不但耽誤許多時間，遺失也是常有的。

語燕收起雯荔給她的信，立刻寄了一封快信給眉臻學姊，信上只簡單地說，星期天去看她，請她務必在家等候，語燕估計約莫中午前就可以到了。

星期天，語燕照例先洗好衣服，晾在竹竿上，因為要出門，她托鄰居幫忙照看，基隆多雨，要是淋濕了，下個星期她就沒有乾淨衣服可穿了。先從基隆坐火車，到了台北再換公車，果然中午以前到了眉臻學姊的住處，眉臻開門，語燕一見到她，就拉著她的手，親熱地說：

「學姊好嗎？我可想你了。」

眉臻買了許多好吃的，招呼語燕邊吃邊聊，語燕饞得很，平常想吃什麼也沒錢，這回眉臻學姊準備了鮮肉包、花生糖、滷雞翅、茶葉蛋。語燕早餓了，先囫圇吞下一個包子，又吃了一個茶葉蛋，這會正慢慢就著茶吃花生糖，突然，聽到眉臻學姊說：「語燕，下個月我要結婚了。」

「什麼？學長也來台灣了嗎？什麼時候的事？你也不寫信和我說，讓我一起高興，今天怎麼沒看見他？」語燕興奮地一句接著一句問個沒完。

「我不是嫁給他。」眉臻低著頭，手裡剝了一顆茶葉蛋，卻一口沒吃，又放到了桌上。

「不是他，那是誰？不是他，你為什麼要結婚？」

「語燕，你還小，有很多事你不懂。」

「別的我不懂，學長有多愛你，我們都知道，你為什麼要嫁給別人？」從興奮的雲端跌入失望的谷底，語燕著急地質問。

語燕雙眼直直望著眉臻，眉臻卻避開了她的凝視，淡淡地說：「現實生活裡不是只有愛情，他真的很照顧我。」

他？就是要和眉臻結婚的男人囉，是那個給過眉臻金條的男人嗎？如果是他，不是說有妻室嗎？約莫是妻子留在了大陸，隻身來台。

「你變了心，學長怎麼辦？」語燕憤憤不平，在她心中，眉臻學姊的戀情像小說一樣浪漫，這樣真摯的愛情，不應該變的。

「我沒有變心，但是我不能再試著去找他，我再找他，只會害了他的，你還小，不知道牽涉政治因素的鬥爭有多可怕，我和他的過去只會連累他，我必須和他劃清界限。」

語燕不覺得花生糖香甜了，她原是最愛吃花生糖的，她甚至忘了今天來原本是想和眉臻學姊商量是不是離開基隆，去員林念書的，她滿心愁緒，被一些她也弄不清的無奈遺憾塞滿。

走時，眉臻將沒吃完的東西拿了袋子裝起來，要語燕帶回去吃，語燕推拒著，不是因為客氣，而是在那一刻，眉臻學姊在她心中的形象似乎有了些改變。語燕也說不清，如果眉臻真如傳言中所說的，為「組織」收集情報，那麼如今她選擇嫁給自己不愛的人，說不定也是為了掩護工作，犧牲小我的精神難道不是很偉大嗎？許多電影裡的情節都是這樣演的。可這會兒語燕卻沒法這樣想，反而覺得學長很可憐，很不值。

語燕最終扭不過眉臻的堅持，帶回了許多包子、茶葉蛋、花生糖和滷翅膀。回到基隆，天剛黑，她趕忙將衣服收回來，流翔看她帶回這麼多好吃的，追問她一天不在家，去了哪裡？語燕雖然平日和流翔的感情不睦，但此時她的心被漲得太滿，很想找個人說說，流翔聽說她是去了眉臻學姊那，就放心地吃起了包子，一邊還和語燕說：「滷翅膀和茶葉蛋留著明天帶便當，總算有一回我們的便當裡除了青菜，還有點別的。」

對於語燕說的眉臻學姊要嫁人了，學長一個人在廣西怎麼辦？流翔並不特別關心，聽語燕絮絮叨叨說完，她只說：「他又來不了台灣，難道讓眉臻學姊一直等下去啊，就是等成老小姐，他也還是來不了，又怎麼辦呢？」

語燕氣得不和流翔說話了，白天忘了和眉臻學姊商量的事，這下她倒果斷起來，立刻下了決定，她明天就回信給雯荔，說她想回去學校，她會去參加考試。但語燕當時不知道，流翔說的並沒有錯，接下來的數十年，海峽兩岸陷入隔絕，眉臻學姊就是堅持等待，也沒法和整個時代對抗。

個人沒法和整個時代對抗，但是能和眼下所處的環境對抗嗎？

馮偉和棋鵑是鄰居，從棋鵑搬來，馮偉就對她有好感，早上上學，他常常準備妥當了卻不出門，故意暗中留意聽到隔壁棋鵑開門的聲音，他也在這時候出門，製造巧遇，自然可以打聲招呼，然後陪著棋鵑走到學校，他再去上學。日子久了，巧合天天發生，棋鵑當然也明白馮偉的心意，兩個人之間青澀的戀情日益加深，從上學一道走，後來放學，棋鵑也會故意逗留，讓馮偉可以在岔路口遇到她，兩人再一起走回去。

棋鵑和馮偉的戀情，有不少同學是知道的，沒想到老師也發現了，語燕疑惑著老師是從哪裡聽說，安雪說，一定有人去告密。老師把棋鵑罵了一頓，說她不好好念書，竟然還學人談起戀愛，發音不準，好好的戀愛，被他一說成了亂愛。棋鵑委屈得直哭，嚷著要休學，安雪和語燕好不容易勸住她，再忍忍，很快就畢業了。

語燕和安雪都不知道，棋鵑已經和馮偉偷偷約定，初中畢業就不再念了，馮偉決定先去部隊，棋鵑則去找工作，他們認為要捍衛自己的愛情，必須先自立，不然總不能自由戀愛。自由戀愛是當時小說中常出現的字眼，相對的自然就是所謂的父母之命，媒妁之言。棋鵑的心意堅定，幾次三番受到老師的冷嘲熱諷，如果不是語燕和安雪攔著，怕是真的會休學。

棋鵑決定畢業後不再升學，等她和馮偉滿二十歲，兩個人就要去公證結婚，在此之前，他們得稍稍累積一點經濟基礎。

語燕則決定要去員林念書，她把這個決定告訴了安雪和書袖，書袖自然是捨不得，一直勸她留在台北念書，書袖說：「你若覺得和流翔一起心裡不痛快，考上師範之後，住校就是了，就不用再寄人籬下了。」話說得容易，語燕自己心裡明白，台北師範錄取分數高，她恐怕是考不上的。

至於安雪倒是支持她的決定，安雪是和媽媽一起到台灣來的，她還有三個弟弟，安雪是老大，父親已經不在了，媽媽一個人在戰亂連年的歲月裡帶著四個孩子實在不是容易的事。從大陸一路逃難到台灣，原來帶著本就不多的錢和首飾，如今已經變賣花費殆盡，只好靠著為人加工毛線帽賺取一點微薄的生活費。安雪放了學，也幫著媽媽一起做，語燕平常沒事，也去安雪家，和安雪、安伯母一起在毛線帽上縫上毛線花，一個月下來，可以攢下一小筆錢。安伯母很仔細，總會詳細記下語燕做了幾件，月底時一併結算給她。雖然安雪的生活不比語燕寬裕，語燕卻還是羨慕她，至少她是和媽媽弟弟在一起，這比什麼都強。

四月，天氣逐漸熱了，雖說還是春天，氣溫有時可以升至接近三十度，基隆的悶熱和多雨都讓這群來自山東的外地人很不習慣，家裡的被褥摸起來總覺得有些泛潮，天空又連續陰雨，死活不肯放晴，想拿出來晒晒也不可能。

這一天語燕放了學，又約著和安雪一起回家，語燕對加工毛線帽越來越熟練，她甚至暗自計算著，如果不上學了，一天可以多做多少件？養活自己應該是綽綽有餘了，她越想越興奮，覺著自己又找到了一條出路，不去員林讀書似乎也不要緊，只要能自食其力，就不用看別人的臉色。

其實，語燕不明白，叔公沈威也面臨著過去不曾遇到的艱難，已屆中年，過去打拚的成績一夜盡失，來到他鄉，眼前出路在哪尚且摸不著頭緒，就連當地人說的閩南話，他也聽不懂，再加上沒有本錢，重新開始，談何容易？還得照顧身邊兩個半大的孩子。沈威的自尊心又強，不願意以前青島商界的朋友看見他今日潦倒落魄的模樣，他正恨不得躲到南部去，不用面對昔時生意做得不如他的人，如今台北街頭見到他四處尋頭路時臉上難掩的詫異，這已經是他亟欲保住最後一點自尊所能想到的唯一一條可以立行之路了。

語燕和安雪在路邊的攤子買了一顆削好的鳳梨，語燕特別喜歡台灣的水果，鳳梨就是其中之一，氣味芳香，滋味濃郁，酸酸甜甜讓人意猶未盡，如果媽媽也能吃到就好了。兩個人邊走邊用竹籤插著吃，語燕察覺到安雪今天看起來和平常不一樣，顯得心事重重。

「怎麼啦？是不是有什麼事？」語燕關心地問。

「我跟你說，你別告訴其他人。前幾天有人來我家，說是幫人介紹相親，我媽媽聽了條件不錯，現在想叫我嫁人。」安雪眉頭深鎖，難怪她如此憂心，還有兩個多月才滿十八歲，媒人就已經迫不及待來家裡說媒，母親若不應允還好，偏偏安伯母也有此意。年輕的安雪看多了小說、電影，當然嚮往的是自由戀愛，對於家裡安排的親事怎麼會樂意，更何況聽說對方比她大了十一歲，已經二十九。

「他是做什麼的？」

「跑船的，介紹的人說，跑船的賺得多，而且是美金，對方承諾照顧我們一家生活，三個弟弟只要能考上大學，他都供。我媽媽一聽就心動了，靠我媽和我加工毛線帽，一家人勉強溫飽，供弟弟讀大學是不可能的。」

「可是，你的幸福怎麼辦？連人都沒見過，怎麼可能有感情？」語燕著急起來。

「我媽媽才不會這麼想，她當年和我爸也是家裡安排的親事，在她看來這是天經地義，如今對方在台灣沒有親人，願意養我們一家人，她認為這是求之不得。」安雪的語氣透著無奈：「我媽還說，不用看婆婆臉色是福氣，當年她嫁給我爸爸可沒少受婆婆、大姑的氣，所以我爸爸離家進了部隊，不管多辛苦她都要帶我們到台灣投奔爸爸，只是誰想得到，千辛萬苦到了台灣，爸爸竟然過世了。」

母親和奶奶之間的關係不睦，安雪從小看在眼裡，奶奶每每對媽媽做的事看不順眼，從掉了一顆扣子怎麼縫，煎荷包蛋放多少油，到衣服怎麼洗怎麼燙，她都有意見，雖然不是口出惡言責罵，但尖酸刻薄語帶挑刺的口吻確實讓人不舒服。婆媳倆整日在家，媽媽年輕時受了氣只能躲在房裡抹淚。後來連著生了三個弟弟，整個人的氣勢壯了不少，就不願再一味地忍讓。

安雪曾經聽到媽媽和爸爸說，在孩子面前，婆婆應該維護她的尊嚴，婆婆既然不顧她的面子，她也只好自己捍衛自己的權利。自從媽媽開始反駁，或者照奶奶的說法就是頂撞，原本只在背地裡搬弄是非的大姑姑，也加入了戰場，表面上是維護自己的娘，其實她本來就不喜歡這個弟妹。

安雪小時候不懂姑姑為什麼討厭媽媽？長大後卻隱約明白了，媽媽是個美人，一嫁過來，每個親戚見了都誇，難怪大姑姑聽了不舒服，女人是最小心眼的。聽說媽媽還是新娘子的時候，連大姑父都稱讚媽媽若去拍電影，準能紅，在他口中當紅的蝴蝶也沒安雪的媽媽漂亮。爸爸夾在中間，說什麼都不是，安雪甚至曾經想過，父親入了部隊，是否和不想待在家裡，成天當夾心餅乾左右為難有關？

兩個人邊走邊說，不知不覺已經吃掉了一個鳳梨，安雪家就在前面，安雪提醒語燕別當著她媽媽面說這件事，語燕點點頭，她們正處在憧憬愛情的豆蔻年華，如果安雪就這樣糊里糊塗為了照顧家庭隨隨便便嫁了人，語燕也為她委屈。安雪的媽媽是個美人，安雪當然也生得漂亮，美麗的女孩子更應該擁有刻骨銘心的愛情啊，語燕天真地想著。她並沒有考慮到或許也就因為安雪年輕貌美，對方才願意為她擔起整個家，奉養丈母娘就算了，供三個小舅子讀書可是不小的負擔。

兩個女孩走進屋裡，安雪最小的弟弟才讀小學三年級，正在背九九乘法表，語燕聽著他念：三一三，三二六，三三九……心裡不禁計算了起來，安雪的小弟今年十歲，等他大學畢業還要十二年，如果安雪真嫁給了這個男人，小弟大學畢業時，他們自己的孩子恐怕就和現在的小弟差不多大，供完了小舅子，再供自己的孩子，她們只知道嫌那個男人老，其實他也不容易啊。

語燕在安雪家的客廳坐下，熟練地在紅色的毛線帽上縫上一朵深灰色的花，有時是駝棕色的帽子配上茄紫色的花，語燕並不喜歡這些配色，但反正帽子不是她要戴的，她做好分內的工作就是。那麼，安雪的人生呢？安伯母為她安排的一切，幸福不幸福都是安雪的日子，她的弟弟們卻無論如何得到了好處。語燕一邊縫著帽子上的花，心裡一邊胡思亂想著，語燕比安雪小兩歲，離家時才十二歲，今年卻也十六歲了，逃難的路上耽誤了課業，初中才沒畢業，不然應該上高中了。

隔壁鄰居一個男孩喜歡語燕，語燕知道，他和語燕一樣是逃難到台灣的外省人，從河南來到基隆的這個男孩，一口濃重的鄉音，一開口就土得讓人對他沒了任何想法。長得倒是還可以，高高的個子，濃眉大眼，但是那一口話，什麼甜言蜜語綿綿情話，依此發音講上一遍，也不可能讓人心動。語燕想，什麼時候看過文藝愛情電影裡的男主角講的一口土裡土氣的方言呢？所以雖然男孩不止一次和語燕說，河南就在山東旁邊，許多生活習慣都是相似的，企圖和語燕套近乎，但都沒有用。語燕嘴上沒說，心裡卻想，靠海的青島和河南根本就不一樣，說話的口音、飲食的習慣，都不一樣，他所說的相似是魯西南近河南交界的那一塊吧，和語燕沒有關係的。

這幾日，男孩從語燕的同學那裡知道了語燕想去員林上學，便百般阻止，說員林那裡除了農田，什麼都沒有，沒有電影院，也沒有書店。而且一年到頭熱得不得了，太陽又烈，原本白皙的皮膚去了那可就糟蹋了，准被晒得烏漆麻黑。男孩甚至說，他家有親戚在台北的省立北二女當老師，如果她想去那所學校，他可以托親戚幫忙，台北無論如何比員林好，明年他也要到台北上大學了，彼此還可以有個照應。

北二女，這的確讓語燕心動，但是學費又該怎麼辦？還有生活費？她不就是為了沒有錢，想出讀師範這一條路。更何況，就算這些問題都能解決，她也不想欠鄰居男孩的人情，她對他一點別的意思都沒有，他對她的非分之想卻是再明顯不過了。

安雪雖然並不想嫁，但也不忍看著媽媽為了養活他們姊弟如此辛苦，大弟安風今年要考高中了，他的成績很好，學校老師說，有機會能考上建國中學呢，但如果沒有錢，一切都只能空想。一天晚上，安風不知道從哪裡聽說媽媽要把姊姊嫁給一個姊姊不喜歡的人，只因為那個人可以養活他們一家，年輕的安風氣憤不已，和媽媽大吵一架，安雪從沒見過安風如此頂撞媽媽，安風說：「我初中畢業，可以去找工作，等兩個弟弟大了，我再回學校念書，我不要姊姊為了我們犧牲一輩子的幸福。」

安雪的媽媽又生氣又心酸，難道她願意嗎？她不也是不得已，安雪嫁給那個船員，不一定不幸福，年紀大的男人會疼人，安雪吃不了苦。而且對方在台灣沒有親人，安雪嫁過去，一切都由安雪做主。年輕人不知道生活的艱辛，以為真有電影裡纏綿動人的愛情會發生在自己身上，就算能愛得轟轟烈烈，現實生活裡哪一樣不需要錢，難道真能有情飲水飽嗎？她一邊嚶嚶地哭著，一邊說：「我難道是為了怕辛苦嗎？我什麼苦沒吃過，我若不能讓你們長大後有出息，我以後拿什麼臉去見你們的父親。」

聽到這兒，安雪不吭一聲，決定了嫁給托人來提親的男人，自己的母親已經說出這樣的話，作為長女，她還有其他選擇嗎？她書念得不如弟弟，就算勉強找個工作，也供不了三個弟弟讀書，她不希望弟弟因為沒有錢而失學，她知道弟弟是讀書的料，學校裡的老師都這樣說。

安雪既然決定不再升學，她也無心準備功課了，不過是應付學校考試，及格就行了。安伯母為了多賺一點錢，近來不做毛線帽加工了，另接了繡枕頭套的活，粉紅色的枕頭套上，淺淺地印出花樣痕跡，以桃紅色的繡線依著圖樣繡上，因為做工精巧且費時，繡一對枕頭套賺的錢相當於加工八十頂帽子花，所以語燕也興致勃勃地跟著做，安雪在一旁提醒：「別耽誤了功課，你還要參加考試。」

「不會的，我自有分寸。」

語燕一心想多掙一點錢，沒得吃沒得穿的日子，對於正在發育的少女特別艱難，青春期的成長讓人動不動就餓，即使吃飽了，也還是饞。他們不但沒錢買零食，就連基本的營養也顧不上，雞蛋都久久才能吃一次，別的就更不用說了；青春期女孩愛美的天性也勃發起來，讓人開始分外留心外表，不能比別人出色，至少要和人一樣，不合規定的舊衣服、小了的鞋子，都讓語燕在學校裡覺得自卑，感到樣樣不如人。

繡枕頭套賺了錢，雖然不是很多，但是對於一個中學生而言，是不少的零用錢了。週末，書袖回基隆，到語燕這串門，看見語燕繡枕頭套，不解地問：「你這是做什麼？什麼年代了，難道你從現在就開始替自己繡嫁妝。」

「胡說，繡什麼嫁妝，這繡好了是要外銷出國的，繡一對枕頭套可以吃五碗麵呢，我待會請你吃水煎包，韮菜餡的。」

書袖一聽，也心動了，要語燕待會去安伯母家交貨時，帶著她一起，幫她和安伯母說，她也想做。

語燕撚著繡線穿過針眼，仔細依著圖樣繡，平日裡，她一個人安靜地繡著枕頭套，常常會想起小時候在家裡，媽媽在燈下做一些縫縫補補的工作，如果媽媽也來台灣了，她們娘倆就可以一起繡枕頭套，養活自己是不成問題的。可是語燕也知道，淪陷之前，大陸到台灣的船票不但價格高昂，而且不是有錢就可以買得到的，許多人都是拿著金條去換一個船位，所以從上海開出不久便沉船的太平輪，別人說上面坐著的客人非富即貴。一般人就是有錢還不一定坐得上，爸爸帶著媽媽弟弟一家子，想到台灣談何容易啊。

繡著繡著，語燕彷彿感覺到母親就坐在身邊，語燕會繡花，就是小時候媽媽教的，語燕的媽媽做派傳統，覺得女孩子基本的女紅針黹還是要會的。雖說是新時代，女孩子和男孩子一樣讀書，一樣出去社會工作，但家裡總有些瑣碎的家務活，不能什麼都不會啊。語燕繡著花，並不覺得孤單，心裡反而踏實，雖然這一切也只是錯覺，媽媽並沒有在身邊，但是語燕一心期盼著一家人能夠團聚，有著期盼總比什麼都沒有強。

語燕完成了最後一對枕套，她將粉紅桃紅一片豔澄澄的枕頭套放進一隻大布袋裡，提溜著和書袖一起出門，去安伯母家的路上，語燕告訴書袖安雪要嫁人的事，書袖讀護校之前，在基隆女中也和安雪是同學，書袖聽了很是訝異，為安雪不平。

「我雖說家裡是後母，但後母倒沒有貪圖聘金，安排我嫁人，若有這個心安排，我還有一個妹妹，也不是她生的，兩個女兒收不少聘禮呢。」

「安伯母也是沒辦法，她有三個弟弟要讀書，安伯母一個人，也找不到好些的工作，就靠繡枕套，勉強溫飽。」

兩個人說著，歎息著，來到安雪家，語燕和安伯母說，書袖也想繡枕頭套，於是拿了加倍的材料。她們和安雪聊了一會，安雪看起來不如以往熱情，她總覺得自己和其他同學不一樣了，馬上要嫁人了，結了婚就是大人，雖然她還沒滿十八歲，可是她的一生就這樣了，做人妻子，做人媽媽，沒有完全屬於自己的自由。不像她們，還年輕，可以追求自己的夢想，這樣的念頭讓安雪忍不住落落寡歡。語燕本就想和書袖去買水煎包吃，既然安雪顯得淡淡的，她們也就離開安伯母家了。

一個星期後，語燕要將繡好的枕頭套送去安伯母家，書袖拿去的卻音訊全無，她也有些著急，見了安伯母，果然問起，語燕只好說，她會催催書袖，又過了一週，書袖才帶著枕頭套來找語燕，她拿去六對枕套的材料，結果只繡了兩對。

「太難繡了。」書袖抱怨。

「比給病人打針難？」語燕故意問，因為書袖念的是護校，在語燕看來，給人打針才難，怎麼扎得下手。

書袖卻說：「打針容易多了，只要扎下去，一針就行，繡花卻得扎上扎下，還要和圖形一模一樣，太難了。」

「好吧，那四對我來繡吧，繡好了一起拿給安伯母。」

因為怕耽誤了安伯母交貨，語燕連夜趕工，眼睛都熬紅了，翌日放了學，她拿著枕頭套和安雪一起回家。

「這兩對繡的是花嗎？歪歪扭扭的，這人家恐怕不會收啊。」安伯母拿出枕套一看，簡直嚇了一跳。

語燕本來也覺得書袖繡的是不好，但以為混在一起可以過關，現在聽安伯母這麼一說，再看看書袖的手藝，更加覺得慘不忍睹。

「你先拿去試試看，人家真不收，再說吧。」安雪一旁緩頰，安伯母也不好再說什麼。幾天之後，安雪告訴語燕，書袖繡的人家不但不收，還要她賠材料，結果安伯母好說歹說，材料費就用語燕繡的那四對枕套折抵。週末，書袖來了，語燕如實告訴她，白忙了一場，一毛錢也沒賺到，還連累了語燕做白工。

「以後再也不做這種手工活了，還好我沒生在古代，不然可怎麼辦啊？」書袖嚷著。

「沒真的賠錢就好。」語燕安慰書袖，其實這手工活她們都做不久了，安雪結了婚，安伯母自然不必做了，而語燕去了員林，也沒法做了。

六月，安雪一從女中畢業，就結婚了，那時她才剛過完十八歲生日。事實上，是安伯母特意為安雪過的生日，原本在農曆六月的生日，現在改成了國曆六月，連同身分證的記載，她只是提前一個多月邁入十八歲，但這卻意味著她提前進入了人生另一個階段。

語燕和同學們都去參加了婚宴，安雪看起來很漂亮，但不開心，她穿著白紗，原本的直髮燙捲了，益發嫵媚鮮豔，以前沒化過妝，現在胭脂口紅全都塗了抹了，指甲上也是鮮紅的蔻丹，但是她沒法快樂，新郎看起來比她大很多，就說是新娘的父親也有人相信。他的個子不高，安雪穿了高跟鞋後，看起來比新郎似乎還高一些，更讓人意外的是，新郎已經有禿頭的跡象，就更顯年紀大了。安雪的三個弟弟中，小的那兩個安雨、安陽還不太懂事，高高興興地吃喜酒，大弟弟安風一臉不樂意，比安雪更甚。

那一個暑假，語燕的心比過去沉重了不少，安雪和眉臻學姊都嫁給了自己不喜歡的人。

暑假一結束，語燕就帶著簡單的行李離開了基隆，坐上南下的火車。火車駛出車站，車窗外是她曾日日行過挨著山壁的小路，這座語燕初抵台灣落腳四年的小城，一旦要離開時便記起許多美好，港邊舶來品店櫥窗裡新穎時髦的衣衫鞋履，仁愛市場好吃的蒸燒賣湯燒賣，廟口充滿花生香氣的麻粩，巷口夏日綻放的鮮豔紫薇，就連原本嫌煩的多雨潮濕，走起來氣喘的階梯坡道，此刻也浸染了青春歲月的印記，如黑白底片沖洗出鏡頭下優雅浪漫的街景。

6

山東聯中由廣州去到馬公後，成立了澎湖防衛司令部子弟學校，馬公資源不足，苑覺非校長為了這群由山東一路帶出來的學生不斷地奔走請命，民國四十二年初，全校由澎湖遷到了員林，更名員林實中，設有一般高中部和師範部。

師範學校的學生畢業後可以擔任小學老師，戰後的台灣急需小學師資，嬰兒潮正蓬勃誕生，這些剛出生的孩子，即將在六年後步入小學，九年國教成為政府重要政策。

而對於這一群離家的大孩子，讀師範可以享有公費，畢業後又分發工作，雖然當年小學老師待遇不高，但至少是一份穩定清白的工作，經歷連年戰亂的年輕人，這已經是他們眼前最好的歸屬與期望。

語燕在那一年的七月考上員林實中，促成遷校的苑覺非校長在暑假離開了，新到任的楊展雲校長剛來，學校還沒開學，別的同學也和語燕一樣，在一個新的環境裡有了新的開始。

雯荔到車站接語燕，看到雯荔的剎那，語燕就像是見到了自己的親姊妹，她們在廣州分開後，已經四年沒有見過，原本一般高的兩個女孩，如今差了半個頭，分開的四年，語燕長高了不少，雯荔卻只是胖了些，一點沒有長高。

就和當年雯荔在廣州街頭找到了語燕一樣，她背起語燕的行李，帶著語燕去學校宿舍，語燕的考試成績差強人意，雯荔告訴語燕，學校的宿舍就是大通鋪，密密排起多張上下鋪，語燕的床位雖然和她不是相鄰的，但等於在一個房間。

語燕渾身汗水淋漓，八月底員林的陽光炙熱難當，鄰居男孩這點倒是沒說錯，雖然已經是傍晚，熱氣從晒了一天的地面蒸騰而上，暑氣正重。路旁的椰子樹被風吹得沙沙作響，但是感覺不到風的涼意，椰子樹羽毛狀寬闊碩大的葉子，不用多大的風，也吹得搖搖擺擺，葉片自碰自的，十分熱鬧。陽光曝晒不到的陰影裡倒是涼爽，只可惜這一路上，樹蔭太少。

「書盈在宿舍等你，她說先把床鋪、櫃子擦乾淨，通風晾一下，這樣待會你到了，就可以把東西放好了。」

果然，進了宿舍，就聽到書盈一聲尖叫，揮舞著雙手跑過來抱住語燕：「可想死我了，看來你過得還可以，比在廣州時長高了，也胖了些，那時你好瘦啊。」

語燕也細細打量書盈，她幾乎沒有變，還是那樣瘦小，一點也不像高中生。

「是啊，我看電影都買半票。」書盈不在乎地說。

三個女孩收拾好行李，雯荔說：「我哥哥應該已經在外面等著了，他聽說你今天來，高興得很，說要請我們吃冰棒。」

一出宿舍，果然看到雯荔的哥哥逸嘉，見妹妹帶著語燕出來了，他咧著嘴笑了，一口白牙，一段時間不見，語燕已經出落成一個標緻的少女，不再是從家鄉出發時那個沒長全的黃毛丫頭，逸嘉竟有些不好意思。

其他同學一直都在一處，沒特別覺出成長的變化，雯荔和書盈則是真的沒變，歲月似乎不曾讓她們成長，外表看著仍像個孩子。但語燕不同，在男孩的眼中這變化尤為明顯，她渾身上下流露著一股略帶青澀的女人味，原本的清麗亮了起來，暗暗飄散出微甜的芳香。

「回來就對了，大家有個照應。」逸嘉高興地說。

「潘伯母呢？」語燕問，對於逸嘉、雯荔兄妹，語燕最羨慕的就是他們的媽媽也到台灣了，同學中能有兄妹同行的，已屬難得，更何況潘伯母也來了。

「在台北，教會為她介紹了一份工作，寒假去我們家玩。」逸嘉熱情地邀請。

「好啊，去看看潘伯母。」

「不是說請我們吃冰棒嗎？是只能吃一支？還是管夠啊？」書盈問。

「是冰棒欸，又不是吃包子饅頭，還有管夠的，也不怕肚子疼，這樣吧，今天語燕回來的第一天，一人兩支吧。」

正說著，迎面走來幾個男同學，他們看見逯嘉和妹妹一起，身邊還有一個漂亮的女同學是沒見過的，就起了促狹的心，故意怪聲怪調地說：「潘雯荔，一有了漂亮的女同學，只想著你哥哥，忙不迭地往他身邊攛弄。」

「是啊，像我們這樣沒有妹妹的可怎麼辦？本來就孤單，這下不更孤單了。」

「你們胡說些什麼，看看這是誰？」

「誰？」幾個男同學狐疑地問，故意誇張地將字音拖長。

語燕被他們輕佻的態度弄得有些不自在，不覺心生厭煩，再加上幾個年輕小夥平日生活懶散，又缺乏大人照料，衣服扣子掉了不縫，綻了線也不補，洗晒不勤，衣服本就破舊，再連基本的整齊乾淨也做不到，就更顯得邋遢了。語燕覺得他們簡直就是一群流氓，要不是逯嘉說，她根本不覺得是自己的同學。

「沈語燕啊，原本煙台聯中的啊，曉東，你不也是煙台聯中的，自己的同學也不認得。」

「可不是不認得了，真是越長越漂亮啦，你不是沒跟學校去澎湖嗎？」叫曉東的同學細細打量了語燕一遍，認出昔日的模樣，果然是老同學沒錯。

「是啊，語燕前兩年在基隆讀書，現在轉回來了。」雯荔說。

「又成同學了，敢情好，我記得你還有個姑姑，沈流翔，對嗎？她呢？也轉回來了嗎？」曉東問。

「沒有，她在台北念師範。」語燕說。

「是啊，她以前成績就好，現在還是比我們行。」

語燕聽了心裡有些不舒服，曉東這麼說，言下之意似乎是語燕的成績差，考不上別的學校，只好回來了，連帶著貶抑了一幫同學，語燕不以為然，沒必要這樣作踐自己，又不是每個人都想去台北讀書啊。

「好了，以後常常會見到，我們還有事呢。」雯荔藉口脫身，不想再和他們糾纏。

其實，幾個男同學也不壞，只是半大的小夥子，難免調皮，渾身的精力，心智卻還不成熟，難免行事有些招人嫌。

語燕回到學校的事，很快地煙台聯中的舊同學都知道了，經過澎湖的一番風波變故，學校裡原本煙台聯中的學生已經少了許多，年紀大的男同學都進了部隊，濟南聯中的同學原是不認識沈語燕的，兩校從廣州去了澎湖後合併，語燕卻和叔公去了基隆。

九月，學校剛開學，國文課第一次寫作文，胡老師出了一個題目：中秋節。作文批改完了，胡老師特別稱讚沈語燕的作文，課堂上，他要語燕給全班同學讀一遍，語燕寫的是民國三十七年的中秋節。那一年的中秋節在國曆的九月中，中秋節過了不到一個月，他們就和學校離開了家，五年了，他們再也沒回去過，也不知道什麼時候才能回去？當語燕讀到：「千里之外，和我看著同一枚圓月的媽媽，卻不知何時才能再見，如果五年前，我知道過了那一次的中秋節之後，至今不能團聚，我一定不會忘記告訴媽媽，我有多愛她。」語燕哽咽了，沒法再往下讀，班上有同學偷偷擦拭著眼角，思親之情像是南方島嶼夏日的午後陣雨，說來就來，霎時淋濕了離家在外的大孩子。

胡老師從語燕手中拿過作文本，拍了拍她的肩膀，示意她坐下，胡老師接著往下讀：「但願人長久，千里共嬋娟，這其實是哀傷的詩句啊，誰願意和親人在千里之外共看一輪明月，而不盼望著月圓人團圓呢？」

五年，語燕和她的同學們已經從一個孩子長成青年，但只要一想起媽媽，想起家，他們彷彿又回到了孩提時，渴望媽媽溫暖的擁抱和親切的話語，哪怕是囉嗦是責備，都是溫暖的。

這一所由北方一路遷徙到了南方的學校，不止學生們想家，老師們又何嘗不是思鄉心切？過了中秋節，在大陸北方天氣已經逐漸轉涼，員林卻依然燠熱，每天太陽火烤似地，晒在裸露的手臂上竟微微灼痛。早晨升旗，雖然才八點，陽光也刺眼得很，下午若有體育課，那就更是晒出一身汗。

語燕來台灣這麼些年，逐漸習慣了島上樹木終年不落葉，亞熱帶的溫暖天氣使得枝頭四季都是一片翠綠，不像青島和煙台，中秋過了，先是桂花飄香，然後銀杏葉黃燦燦的一片，煞是美麗鮮豔，但接著樹葉就紛紛掉落了。因此冬天的天空和夏天是不一樣的，夏天裡視線被深深淺淺的綠葉遮著擋著，街旁的建築是什麼模樣，都被忽略了，彷彿本就披著綠葉做外衣。直到冬天，葉子掉落了，枝頭光禿禿一片，細細的枝椏對視線不起作用，這才看清了灰色的黃色的紅色的建築。青島的德式建築造型優雅，層層疊疊依地勢錯落有致，襯著植物而有了四季的變化，夏季裡是王子公主童話式的鮮活繁茂，冬季裡是藝術館般的古典莊重。

員林溫暖的氣候雖然使得植物缺乏變化，但也另有許多好處，譬如夏衣可以穿半年，棉衣基本上是不需要的。語燕正是愛美的年紀，老家帶出來的棉袍因為是母親親手縫的，所以語燕一直帶著，但穿起來真是不好看，什麼身材被厚厚的棉袍一裹，全都一個樣，就像個棉被捲。

對於沒錢置辦新衣的人來說，天氣熱要打發一年的穿戴，可要比飄雪的嚴冬容易許多。十月，依然只需要穿短袖的夏衫，許多女同學卻開始織毛衣預備天涼了穿，有些用的是舊毛線，興許是舊的毛衣尺寸小了，或者樣式過時了，便拆開來熱水燙過，再織成新的。也有些女同學已經有男朋友，就更忙了，不僅要為自己織，男友的那一份，也得一起張羅。

語燕原不會織毛衣，跟著同學們學，她去買了藍色的絨線，想為自己織一件開襟毛衣。開襟毛衣比套頭毛衣難織，語燕又是初學，常是拆拆打打，費了不少功夫，才算織成。正好趕上今年冬天第一波冷空氣，氣溫驟降十度，從二十八度掉到了十八度。語燕穿上自己剛剛完成的毛衣，雯荔稱讚語燕真是手巧，才是初學，已經能織出花樣，前襟扭麻花的式樣，看著俏麗，這天空藍也襯膚色，語燕經過了一個夏天的曝晒，竟然沒有晒黑。

是的，語燕還是像過去一般白皙，學校裡許多男同學都暗自注意著美麗的語燕，希望能多和她說幾句話，十八九歲的大男孩，在那個保守的年代，並不知道怎麼追女孩。語燕自己也知道有些人對她和別人不一樣，有一回她和雯荔說：「怎麼當年在廣州他們沒看出來？不然可以早一點開始獻殷勤，幫忙背背行李什麼的，我也不至於一個人在路邊哭，要不是你來找我，現在我還不知道流落在哪了。」

語燕那時就不明白，年紀大的女同學其實體力比她們這幾個十二三歲的小丫頭強，但反而有男同學幫忙背行李。她們年齡小個子小，行李卻是和別人一樣沉重且龐大，背在肩上，行李幾乎和人一般高，卻總沒有男同學願意幫她們。她不知道年長的男孩覺得她們只是小丫頭，不是追求的目標，而同年齡的男孩，還不懂得喜歡女孩，且同樣個子還沒長全，根本自顧不暇呢。

男孩對女孩的喜歡，在不知如何表達的情況之下，有時卻會轉化成莽撞的行動，只為爭取注意。

立冬前幾日，晨起有霧，操場一片白茫茫，語燕獨自從餐廳穿過校園進到教室，發現有人動過她的書包。她打開來檢查，不知道什麼人在她的書包裡放進了一封信，是封情書，不知道是緊張還是匆忙，魯莽的動作使得原本就已經破舊的生物課本成了上下兩冊。語燕起初不以為意，雖然書脊有了破損，但不影響閱讀，他們上課用的本就是舊書，為了省書本費，每一屆學生讀完了就移交給下一屆學弟妹，語燕這課本不知道已經經過多少人使用了。

沒想到，生物課時，溫老師看見語燕的書分散成了兩本，生氣地責備語燕，為什麼要故意毀壞書籍，不好好保護還需要給下一屆同學使用的課本，分明就是有意毀損公物。語燕辯解，她什麼都沒做，但有意避免提及有人塞情書的事，說打開書包拿書出來時，就成這樣了。書盈也在一旁聲援：「這課本用了好多年，太舊了，沈語燕不是故意的。」

溫老師卻不依不饒，她本就不喜歡沈語燕，沈語燕是煙台聯中的，溫老師原是濟南聯中的老師，她本就對煙台聯中和後來併入的青島聯中學生有偏見，覺得膠東靠海成長的孩子性格本就比較活泛，不如魯西生長的孩子樸實。而沈語燕當年沒從廣州去澎湖，而去了基隆，她更認定沈語燕在基隆那個海港學了浮華之氣，不但自身作風有問題，還將影響其他純樸的學生。當初她回來考試，溫老師就不主張錄取沈語燕，現在沈語燕果然態度有問題，不但不好好上課，還故意毀壞課本，這根本就是對老師的不尊重。

溫老師鬧到訓導處，要求學校處分沈語燕，至少記小過，班導師胡老師自然也被驚動了。

胡老師因為上次那篇作文，對沈語燕的印象特別好，且覺得溫老師實在是小題大做，便堅持不能記過。辦公室裡立刻演變成老師之間的紛爭，其他老師紛紛投入勸說，沈語燕又氣又委屈，不禁遷怒寫情書的人，就是他為自己帶來了這麼大的麻煩。

在胡老師的堅持下，沈語燕最終沒有記過。溫老師無法，憤恨地要求沈語燕一定要將課本修補好，放學後，沈語燕用漿糊黏課本，她仔細塗上一層漿糊，既要能黏牢，又要小心不使書頁因為過多的漿糊而黏到了有字的部分。她一邊在破舊的書頁上抹著漿糊，淚一邊往下滴落，原本已經破損的書頁被淚沾濕後變得更脆弱，溫老師若是看到，不知道又要編派她些什麼不是了，她不能再給胡老師添麻煩，語燕著急地用手背抹淚，漿糊抹在了臉上也沒有察覺。

突然，語燕意識到身後發出細微的聲響，她回頭，是雯荔和書盈，雯荔從她手中接過散頁的課本，書盈從口袋裡掏出手帕，輕輕拭去語燕臉上的漿糊，笑道：「清秀佳人變成小花臉啦，哎呀，漿糊乾了，擦不掉了，你快去洗洗吧。」

語燕破涕為笑，懶得去洗手台洗臉，拿過書盈的手絹，從水杯裡往手絹上倒了點水，胡亂擦了一把。

雯荔說：「一點沒變，還是那麼懶，以為你長大了，愛漂亮了，不會再像小時候那般邋遢。」

書盈挽著語燕的手，搶著說：「誰叫我們麗質天生，再邋遢也比虎姑婆美，她就是嫉妒我們年輕貌美。」

虎姑婆是同學們在背後替溫老師取的綽號，三個女孩一起修補著不堪歲月折騰終至散架了的課本，語燕有了好姊妹的陪伴，心中的委屈也能釋懷了。

物質的艱辛固然讓年輕的孩子吃了不少苦，卻也留下許多珍貴回憶，當時的貧乏無奈經過時間淬鍊淘洗，呈現出美好溫柔的光澤，就如蚌殼裡的珍珠。

一個沒課的下午，男生宿舍裡一陣騷動，范達齊收到掛號信了，有人起鬨要他請客，范達齊著急地說：「不行，這是表叔寄給我買一套衛生衣冬天穿的。」

「這兒的冬天能有多冷？年輕小伙哪裡用得上穿衛生衣。」林文不以為然地說。

王曉東看范達齊有些不知所措，顯然是打定主意要買衛生衣，不願意把錢貢獻出來給兄弟打牙祭，於是幫他解圍：「不去買套衛生衣對表叔沒法交待，走，我陪你去買，幫你還價。」

范達齊聽說，王曉東給他搬了台階，立馬順勢下來，和王曉東上街去了。別人覺得打牙祭沒戲了，便散了，只有王曉東另有盤算，衛生衣是要買，但如果能剩個一塊錢，還是可以一人吃一碗切仔麵。

兩個人出了學校，雖然已經過了立冬，員林還是熱，白天高溫能有二十五、六度，雖說早晚涼一些，有時晨起草葉上還沾著露水，竹籬笆攀爬的淺藍色牽牛花浸染了清晨的沁涼，別有一番惹人憐惜的清秀風致。狹長低矮的學生宿舍窗玻璃一片朦朧，黃土操場籠罩在白茫茫的霧裡，直到升旗前，霧散了，露珠也消失了，國歌聲響起時，陽光霎時明亮耀眼。

王曉東領著范達齊進了鎮上一家百貨店，要店員拿幾套衛生衣出來看看，王曉東假意批評質地，其實只關心價錢，一定不能把錢全用來買衛生衣了，他軟硬兼施，讓范達齊同意選擇最便宜的那一款，不想店員又說大號比中號貴一塊錢。

「身高一百七十五得穿大號。」店員說。

王曉東急了，眼看到了嘴邊的切仔麵絕對不能跑了。他慫恿范達齊買中號：「你只有一百七十二吧，開學的時候才量的。」但就這一個多月裡，范達齊已經又往上竄了兩三公分，王曉東有意忽略范達齊矗立眼前的大高個，接著又說：「衛生衣貼身穿，越合身越暖和，太大看起來顯胖，臃腫不好看。」

經不住王曉東攛弄，范達齊買了中號，剩下的一塊錢兩個人在市場一人吃了一碗切仔麵，王曉東總算沒有白忙，當然關於這多出來的麵，他們很有默契的不會告訴林文和其他同學。

一個月後，那年第一波冷氣團穿過海峽來到島上，范達齊穿上了他新買的衛生衣，緊巴巴地裹在壯實的軀體上，雖然略微嫌緊，只要他不長胖，倒還勉強能穿，王曉東看了說：「這樣剛好，穿一穿會鬆的。」

兩天後，冷氣團減弱，天氣回暖，范達齊挑了個大晴天洗衣服，衣服晾在竹竿上，可把他嚇了一跳，棉製衛生衣不但沒有像王曉東說的越洗越鬆，反而縮水，立刻從中碼變成了小碼。白色衛生衣晾在竹竿上，王曉東經過時總故意望向別處，范達齊試著上下左右拉扯，手一鬆開，衛生衣立刻又彈縮回去，襯著范達齊似乎又壯了些的大塊頭，那衣衫的小巧也隱隱藏著可憐巴巴的味道。

7

「你聽說了沒有？范達齊留在部隊回不來了。」語燕才進教室，書盈便拉著她悄悄說。

「怎麼會有這種事？」語燕大為詫異，星期六她還在餐廳看見范達齊。

「昨天星期天不上課，他去岡山空軍部隊看以前的同學，被部隊裡的長官強留下來。」

「可是范達齊還不到十八歲啊。」

「是啊，但偏偏長得一個大個子，之前在澎湖，他因為年紀小，躲過了，沒想到這一回……自己送上門去了。」書盈歎了一口氣。

「那……怡晨呢？還好嗎？」語燕問，怡晨是范達齊的女朋友，他們倆老家在一個村，說得上是青梅竹馬。

「怎麼可能好？昨天聽說范達齊沒回宿舍，急得不得了，今天早上知道回不了學校了，淚就沒止過。」

「老師沒辦法讓他回來嗎？」

書盈搖搖頭，沉默了半晌說：「你沒去澎湖，你不知道那有多可怕，老師哪裡有辦法？」

語燕乾著急，完全使不上力，她的心都如此焦灼了，怡晨就不用說了。

教室的窗子敞著，每天早上第一個進教室的同學都要拉開所有窗子，尤其是夏天，讓空氣流通，也讓教室裡憋了一夜的蚊子飛出去。語燕總不明白，哪來那麼多蚊子？前一天傍晚最後一堂課下課，大夥走出教室時並沒見著這樣聲勢浩大轟轟振翅的蚊子群，只隔一夜，饑餓的蚊子迫不及待往人身上落，其氣勢之蠻橫，決心之堅毅，常讓語燕驚詫。語燕家鄉自然也有蚊子，每年夏季成群結隊，一咬腿上一個包，但總不似員林這般，除了冬天最冷的兩三個月裡，蚊子暫且安靜一會，其他時間總擺脫不了它們。

眼下都十二月了，二十四節氣的大雪都已經過去，亞熱帶的台灣不但不下雪，島嶼南方即使冬季裡，陽光還是耀眼晒人，蚊子還是肆虐猙獰，溫暖倒是溫暖，只是少了點四季分明的季節氛圍。要在家鄉，這會兒起得早，已經能在路邊的草上看見一層白霜，還有香甜的凍柿子、凍梨可吃。整個冬季，屋簷樹梢掛著串串冰溜子，陽光照在上面，融化前的水光瀲灩，折射出彩虹的七彩顏色，煞是美麗。

語燕悶悶地望著敞開的窗子，窗外隨風款擺的大榕樹，垂懸的氣根顯現蒼老，終年翠綠的橢圓形葉子又讓人覺著風華正茂，語燕桌上攤著英文課本，卻一行字也讀不下去，一徑想家，家鄉的銀杏此時已經由青綠轉為金黃，白楊樹落盡了桃形葉片，光禿禿的枝椏全是深秋的蕭瑟，這蕭瑟在風裡要搖曳到冬盡春來。

「你記得姚鵬飛嗎？」書盈見旁邊無人，壓低了聲音問語燕。

語燕點點頭，她記得，在湖南的時候，有個高中部的學長曾經對語燕說：「你這麼小出來做什麼？回去，你要是我妹，我一定不讓你出來，快回家去。」

後來她聽人叫他姚鵬飛，她就記住了這個名字。

「有人說，他因為不配合，被套上了麻袋，帶出海，丟到了海裡。」

語燕驚呆了。

「還不只他一個人被丟到海裡，好多哪，我聽說因為他們不肯指證張敏之校長是匪諜，夜裡就被人用小船載到海上，麻袋套牢後還打了死結，沉入水中後，就算會游泳，也沒法掙脫，一個個都給淹死了。」

「你怎麼知道？」

「你沒去澎湖，大家都知道，只是不敢說，有一個被丟下海的命大，麻袋讓他掙出個窟窿，跑回來說的。」

「他現在呢？」

「抓去當兵了，也不知道還在不在。」

「范達齊也真冤枉，不去看同學就沒事了。」

「誰想得到，都以為抓兵的事已經過了啊。」

教室裡進來的同學多了，書盈拿出英語課本，默默念著，停止了談話，語燕知道她不願意讓別人聽見，便也假意默讀課本上的英文單字，眼睛瞧著，嘴上默念著，心卻根本不在書上。

小時候，冬天下雪，等著春天樹梢枝頭再現嫩芽綠葉，梅紅的桃紅的粉紅的花瓣綴滿天際，屋子裡不用燒炭爐子，身上少了厚重的衣物，下了課可以在外面跳繩踢毽子，總覺得等了許久，春天才見緩緩步履。如今想想，四季更迭倒是快的，離開家已經五個寒暑，等來了五個春天，卻等不來回家的日子。眼下在並不寒冷的南方島嶼，大地上沒有白雪皚皚，樹梢總有綠葉，枝頭可見紅花，連春天都不需要等了。語燕想起小時候看祖父用毛筆寫下的杜甫詩句：「泥融飛燕子，沙暖睡鴛鴦。江碧鳥逾白，山青花欲燃。今春看又過，何日是歸年。」

語燕隨手用原子筆在散落著幾組英文單字的紙上，寫下「歸年」兩個字，是啊！回家的日子呢？哪一天才能來到？

幾個月後，范達齊才終於能夠回來學校，但此時的他已經是空軍學校的學生了，原本應該成為小學老師的他，後來成了機場的地勤人員，也不見得不好，但終究是被強迫的，不是自己的選擇，而這樣的一個年代裡，又有多少事是自己可以選擇的？

語燕看見范達齊穿著軍裝，一下子就像個大人了，怡晨不知道和他說什麼，正用手背抹淚呢，看見語燕，怡晨不好意思，低著頭不言語。

「這下別的不說，至少可以吃飽了。」語燕為了緩和氣氛，故意這麼說。以前范達齊他們這些男同學天天嚷著吃不飽，正長的年齡，白米飯沒有可以就著下飯的菜，澆點醬油吃起來都覺得香，但就連白米飯也不夠吃，每天飯桶都給刮得乾乾淨淨。

「是啊，部隊裡的伙食雖然也談不上好，但至少夠吃。」范達齊咧嘴笑了，他也沒法，只能無奈地接受命運的捉弄。

語燕拍了拍怡晨的肩，表示安慰。眼前雖然兩人強被拆離，畢了業，還是可以在一起，只要兩個人堅持不變心。

離開學校前，范達齊收拾了簡單的行李，他把那一件只穿了一次的縮水衛生衣轉送給了林文，林文個子小，范達齊悄悄和王曉東說：「你已經吃了麵了，況且衛生衣縮成這樣，你也穿不下。唉，不怪你，誰想得到它還會縮水，再說，我長了這麼大個，連我自己都沒留意，才會……」

范達齊沒說完的話，王曉東明白。

但平日能說會道的王曉東，這會兒一句話也說不出，他心裡愧疚得緊，早知道范達齊這麼快就離開他們，他一定不會為了吃一碗麵，哄他買小一號的衛生衣。

但王曉東不知道，范達齊心裡卻想，早知道會被強迫入伍，那天根本就不用買衛生衣，乾脆用表叔寄來的錢去麵攤吃個過癮，反正進了部隊，吃喝穿用都有國家管。

范達齊是被迫留在了部隊。馮偉卻是為了守護自己的愛情，主動離開學校，選擇去了部隊。上個星期他休假去台北看棋鵑，經過員林時，還特意寫信給語燕，讓語燕到車站月臺，兩個人就這樣在月臺上聊了一個多小時。語燕不知道馮偉有沒有後悔這個決定，部隊裡的生活有許多他原本沒想到的艱難，但是一想到自己和棋鵑的戀情，他就告訴自己必須堅持。

「語燕能多讀一點書，就多讀一點。比起別的地方，學校還是好啊，我和棋鵑都太早就放棄學業了。」馮偉坐在月臺的長條椅上，頂著一個接近光頭的小平頭，語氣中有鼓勵，也有感慨。

語燕覺得馮偉稚氣已脫，才一年，就明顯地成熟了。他沒有說出口的是不是還有一句：如今他和棋鵑也難回頭。語燕自然想起范達齊，他們的加速長大，是這一身制服的緣故？還是部隊的環境呢？

只有說起在台北等他的棋鵑，說起兩年後兩個人就可以自組家庭，馮偉的臉上才有藏不住的喜悅，這就是幸福吧。

語燕卻不知道，她和馮偉月臺上短暫的相聚，已經被好事的同學看到，棋鵑從未疑心過語燕，她總是高高興興地聽馮偉說語燕和他聊了些什麼，語燕是他們倆的好朋友。但是看到語燕在車站月臺與人聊天的同學一回學校，就迫不及待開始繪聲繪影的散播，原來語燕有男朋友，正在部隊當兵。

就在范達齊離開學校的這一段時間，另一件聳人聽聞的事正悄悄流傳著，女生宿舍裡有人說，看見有人拿著個花布包裹離開宿舍，去了操場後面人跡罕至的井邊，趁著四下無人朝井裡丟下包裹，丟下去時還動了一下，夜色裡，藍底紅花的布閃現出異樣詭魅的顏色。

傳言愈傳愈駭人，藍色的花布上不是紅花了，而是粉色的花朵被鮮血染紅了。有人猜包裹裡是個嬰孩，孩子的母親則是師範部的宋毅玲，她和何宇霆在老家就訂了親，當時鄉下入學晚，現在兩人都滿二十歲了，若是在老家，早就成親了。

如今為了留在學校，始終不能結婚，無論如何得挨到畢業，免得被退學。不想不小心懷孕了，怕得不得了，讓人知道那還得了，學校裡風氣保守，若消息走漏，宋毅玲怎麼做人？還好初時肚子不顯，四個月後，為了怕人看出來，宋毅玲刻意節食，所以肚子不是太大。正好逢上冬天，她就天天穿著大外套，從十一月穿到來年四月，亞熱帶的天氣明明已經暖洋洋了，她卻推說身上發寒，不肯脫外套。直到月份足了，孩子再也藏不住，非出來不可，宋毅玲悄悄在廁所產子，然後讓人拿出去扔了。

那時距離他們畢業其實只有兩個月。不過也有人說，師範畢了業還得實習，才能拿到證書。雖說兩個月不長，怎麼也該想法子混過去？但其實二十歲說是成年人，底子裡卻還是孩子，孩子出生的當下，恐怕兩個人也是嚇壞了，連自己尚且不知道該怎麼安置？何況一個才呱呱墜地的嬰兒。

語燕聽說了，忍不住和同學暗自議論：「扔了，也不必往井裡扔啊，扔在街上，說不定有好心人抱回去養，孩子也不至於才來到世上，什麼沒見，就枉死了。」

「約莫是還來不及走出學校，孩子卻哭了起來，怕人聽見被發現，一時心慌也沒法多想，等扔下去，就是後悔也來不及了啊。」池月猜想。

「再說也不一定能讓好心人撿回去收養，萬一是讓員警撿了，追查到學校那就糟了。」寄嵐說。

三個人議論著，唏噓著，為那個幼小的生命惋惜著。那口井本來就廢棄不用了，但仍然有水，後來好長一段時間，語燕都不願意從井邊經過，一想起聽說的傳言，就感到滿心不舒服。宋毅玲沉默地挨到了畢業，等何宇霆當完兵，分發了學校，兩個人就結婚了，托了人調在一處。語燕聽說，兩個人感情還是如在學校時那麼好，但卻一直沒有孩子。告訴語燕的是寄嵐，他們畢業後都在台北，寄嵐說：「不知道是當年沒能坐月子，落下病根，還是報應？」

報應？語燕聽寄嵐這麼說，心裡一緊，宋毅玲也不願意啊，後來她們都做了母親，更明白哪個母親捨得拋棄孩子，當然是不得已。

寄嵐卻說：「如果是我，寧可被學校退學，也要留下孩子。」

「不只是退學後無處可去的問題，她也怕閒言閒語啊。」

「什麼閒言閒語比得上孩子重要，做一個母親，連這點壓力都受不了，所以有了報應啊。」

語燕沒有再和寄嵐辯駁，但她心裡是同情宋毅玲的，寄嵐的個性就像個男孩子，什麼也不怕，好惡分明，這事如果發生在她身上，語燕相信她真敢做。但問題是不是每個人的性格都如她一般，遇到了這樣的情況顧慮多，怕招人非議以致瞻前顧後，也是可以理解的。語燕每每想及，宋毅玲在難眠的長夜裡，想起這個無緣的孩子時，會是一種怎樣的心情？還有何宇霆，真希望沒人告訴他們嬰孩被丟進了井裡，那麼也許他們還以為孩子已經在某個不知名的地方長大了，甚至就在員林。

語燕更希望的是，這個傳言一開始就是危言聳聽，以訛傳訛，宋毅玲根本沒懷孕，藍布包裹裡也沒有嬰孩，只是些不想讓人看見的雜物。他們的成長已經有太多艱辛，實在不應該再添這樁既讓人痛心，又讓人心酸的故事。

多年以後，語燕已經當了奶奶，在電視新聞中看到，一對二十歲的年輕男女，意外懷孕後產下一個嬰兒，小爸爸小媽媽不知如何是好，男的騎摩托車載著女的，女的就從後座將嬰兒拋了出去，嬰兒墜地傷重不治。路邊的監視器拍下拋擲嬰兒的過程，也拍下了摩托車的車牌，警方循線逮捕了生下無辜可憐小嬰兒的年輕父母，他們已經犯下殺人罪卻不自知。

一塊打牌的牌友孟太太說：「真是造孽啊，那麼多人想生卻生不出來，這孩子偏偏托生到她肚子裡，白來了一趟，下次投胎可要睜大眼找對爸媽，有錢沒錢不說，至少不能像扔皮球似地扔了她啊。」

語燕聽了，心裡仍覺得一怵，想起了年少時聽聞的藍布包裹，幽微的記憶過了這麼久，她依然覺得駭異，就連花布包裹也聯繫著這印記，她從來不用。

記憶原是這般深邃，快樂的，不快樂的，都跟隨著一生一世。語燕後來才領悟到，人生原來就是由記憶組合成。而她的同學們占據了她記憶的一大部分，直到老了，他們也沒有分離。

8

期末考前，逢上端午節，彰化女中為員林實中送來了水煮蛋，老師說：「彰化女中的學生想在節日表達一點心意。」每一枚雞蛋上都畫了精巧的圖案，還寫了祝福的話，語燕分到的那一枚雞蛋上寫著：「每逢佳節倍思親，祝福你健康平安。王月霞」

這其實是來自另一個年齡相仿善良女孩的關懷，但是語燕卻有一種自尊心受傷的感覺，她得到這枚蛋是因為她在台灣沒有家，孤苦無依地接受了其他陌生女孩的善意，那雖然是一枚煮熟了的雞蛋，卻在很久以後孵出一個夢，只是拿著蛋的語燕當時還不知道。她只知道自己希望能和對方交換位置，她願意是有能力與人分享雞蛋的人，而不是被施予的人。語燕默默望著雞蛋，旁邊的同學早已剝開雞蛋吃下肚了，連蛋殼上畫了什麼寫了什麼都沒注意。

六月底，學校的課結束了，因為在台灣沒有家可回，許多同學暑假也留在學校。語燕則帶著簡單的行李到基隆過暑假，才剛進入六月，安雪就迫不及待寫信給語燕，要她來家裡過暑假，她的丈夫跑船去了，國際商船一出去兩三個月才回來，她們正好作伴。

火車一路往北，語燕的心情有點複雜，一年前由基隆來到員林，她的心裡滿懷期待，期待與同學相伴，就像是期待一種與親人團聚的溫暖。然而員林等待她的，有朋友豐沛的友情，卻也有誤解和委屈，以一種異樣眼光盯著她的不僅僅是溫老師。語燕不解，她隱約覺得他們期盼她犯錯，這樣就有機會趕走她，有機會理直氣壯地向人數落：「我當初就說這種曾經離開學校的學生複雜，在外面不知道染上些什麼壞習性，會帶壞我們純樸的學生。」

語燕見到安雪，她燙了頭髮，一頭捲髮披在肩上，身上穿著花洋裝，脫去了昔時中學生的青澀。因為丈夫在跑遠洋的商船上工作，安雪的家裡到處是舶來品，法國香水、化妝品、漂亮的絲巾和精巧的別針髮夾都吸引著語燕，安雪拿出巧克力請語燕吃，語燕取了一塊，剝開錫紙，含在嘴裡，濃郁的巧克力香在口腔中蔓延開來。

「好吃嗎？」

「我覺得花生糖更好吃。」語燕誠實地說。

「土包子，沒見過世面。」安雪笑道，拉過語燕的手，要她在五、六瓶指甲油中挑顏色，安雪說：「你皮膚白，塗什麼顏色都好看，你挑好了，我幫你擦。」

語燕一瓶一瓶看，玫瑰紅太豔，朱紅色怕老氣，淡粉紅好了。語燕挑出來遞給安雪，安雪嫌粉紅色不夠出挑，硬給語燕塗了珊瑚紅。晚上安雪也不做飯，她讓語燕換下土里吧唧的校服，穿上她的連衣裙，湖水綠綴著鵝黃小碎花，領口還翻開細巧的荷葉邊，帶著語燕吃小館子，再去看一場電影。兩個年輕嬌俏的女孩，不斷引得基隆靠岸的水兵回頭看，大膽的美國水兵吹起口哨，弄得語燕渾身不自在，安雪倒是鎮定，畢竟結了婚吧，已經失去了少女特有的羞怯，但如若不說，誰也看不出安雪已嫁作人婦。

她們看的電影是費雯麗和克拉克蓋博主演的《亂世佳人》，電影其實以前就看過，重新放映再看，還是深深被吸引，回了家，兩個人還在討論郝思嘉真正愛的是白瑞德，還是艾希利。

「當然是白瑞德，郝思嘉若嫁給了艾希利，他們一定誰也受不了誰。」安雪說。

「郝思嘉對艾希利是不成熟的幻想產生的迷戀，但，當她遇到了真愛，怎麼還不明白呢？」

「遇到真愛時，自己一定知道嗎？」

「應該知道吧。」語燕說。

「你以為像小說描寫的那樣，會覺得天旋地轉嗎？」

「至少心潮澎湃吧。」

「我最遺憾的就是這輩子沒機會談一場戀愛。」安雪喟歎著。

「他對你好嗎？」語燕問，這個他指的是安雪的丈夫。

「不能說是不好，但就是沒有感覺。」

「對你家裡呢？」

「我媽我三個弟弟的生活，現在都靠他，他倒是信守承諾。」

「那就好啊。」語燕安慰安雪，她當然明白安雪心裡的遺憾，哪個年輕女孩不嚮往一場轟轟烈烈的愛情，即便不是驚心動魄，至少也要甜蜜浪漫。安雪卻嫁給了都能做她爸的老男人，哪裡還有一絲絲浪漫可言？這些語燕也為安雪叫屈，但是來了這一天，語燕也發現安雪的生活還算闊綽，看電影、下館子都是安雪掏的錢，語燕一個窮學生哪裡有錢，安雪還說明天要帶語燕去燙頭髮。

兩個女孩躺在床上聊了許久，語燕也告訴安雪在學校受到的委屈，安雪很為語燕不平，咒罵著欺負語燕的老師。

「還有舍監，星期六晚上，我們出去逛逛，宿舍規定九點半關門，九點二十她就拿著鑰匙在門口守著，有時候公車誤點，我們一下車就一路跑回學校，跑得上氣不接下氣，也不敢停。舍監就是眼睜睜看著，哪怕人已經跑到幾公尺外，幾步就跨進門了，只要時間一到，她就鎖門，還一臉的幸災樂禍。」語燕一邊說，眼前一邊就浮現出了舍監惹人厭的嘴臉。

「真是變態，這是學生宿舍，又不是監獄。」

「也有些同學不知道為什麼老編派我，說我在外面交男朋友，真是冤枉，舍監和老師卻相信了，總找我麻煩。」

「大約是你離開學校一段時間，有的人排斥和自己不一樣的，覺得不安全吧。」安雪勸慰語燕，這時的態度透露出成熟，是因為婚姻讓她快速長大了嗎？

「有時我也羨慕你，不用再在學校看人臉色。」

「學校再不如人意，也要多讀點書，如果我能選擇，我一定不這麼早嫁人，你也知道，我是不得已的，誰叫我是老大。」

語燕不語，她也是老大啊，安雪為了三個弟弟，犧牲了自己還沒能開始的未來，包括不曾感受到的戀愛。語燕也有兩個弟弟，有爸爸媽媽，她能為他們做點什麼？雖然語燕知道他們已經離開煙台老家去了江西，但是，離開老家就真能和過去的地主身分一刀兩斷嗎？不會有人發現嗎？萬一被發現了，批鬥怕還是躲不掉，語燕一想到這些，心裡就怕得不得了。

安雪沒再言語，約莫是睡著了。語燕一個人想著心事，如果安雪能叫丈夫也為語燕介紹一個船員，船員賺的是美金，又成天累月的在美國歐洲跑船，說不定有辦法把她的家人從大陸帶出來，讓他們團聚，只要能把她爸爸媽媽帶出來，她願意嫁給一個既不認識年紀又大的船員，長得醜禿頭大肚子統統沒關係，只要能把爸爸媽媽接出來。

語燕想著想著，眼皮逐漸沉重，終於睡著了，夢裡，她回到了老家，見到了媽媽，媽媽卻不和她說話，她急得直喊：「媽媽，媽媽，你不想我嗎？你不想知道我離開家之後，過得好不好嗎？」

媽媽卻推開她，說：「你現在怎麼能回來？」

語燕大驚，媽媽怎麼這麼說？她回來了，媽媽不是應該高興嗎？

驚詫心痛的語燕一口氣哽在喉頭，說不出話來，就醒了。

語燕看看四周，陌生的房間，豆沙紅的窗簾，米白的梳妝檯，她想起昨晚和安雪說的話，所以做了這樣的夢吧。媽媽說她不該回來，想來也是怕她回去有事，在外面或許還安全些，想到這兒，語燕不覺心酸，喉頭緊了起來。

一旁的安雪還沒醒，語燕躡手躡腳悄悄下床，到客廳倒了一杯水喝下，怔怔地坐在窗前，看陽光下窗臺上歡快怒放的九重葛，豔紫色的花朵成串垂掛著，以前在煙台和青島，她都沒見過這花，那樣的張揚鮮麗，員林也有很多。王曉東告訴她，那紅的紫的原不是九重葛的花，九重葛的花極小，是米白色的，語燕以為是花的部分，其實是花苞片，所以九重葛又叫葉子花。語燕聽了，仔細看一下，確實她以為是花瓣的部分，仔細看有些像葉子，而她以為是花蕊的部分，才是小小的花朵。

這會兒學校放了假，平心想想，大多數的同學都還是可親的，至於那些惹人氣惱的老師、同學，就盡力與他們保持距離吧。

在安雪家待了幾天，經不住安雪的慫恿，語燕也燙了頭髮，原本的直髮燙出了捲度，看著是添了幾分俏麗，但語燕一直擔心暑假結束，要回學校的時候怎麼辦？肯定通不過檢查。安雪拍著胸脯向她保證，兩個月後，一定直了，回學校前反正還要修剪，到時完全看不出燙過。語燕雖然後悔挨不過安雪的游說攛掇，但現在後悔也來不及了，只好在開學前天天洗頭髮，應該會快點恢復原本的直髮吧。

轉念間，語燕又想，如果安雪真能為自己介紹一個船員老公，也不用管學校的檢查了，那時她回學校不過是辦理退學的手續。

假期過了一大半，語燕真的把想嫁個船員，好把家人從大陸接出來的想法告訴了安雪。安雪聽了，極力阻止語燕，以語燕的美麗，多少男人想要追求，嫁個船員自然不是問題。但是語燕和安雪不同，安雪是眼前不嫁，弟弟就升不了學，媽媽每日操勞，才能勉強吃飽。語燕開出來的條件，雖然在民國四十年代初的台灣，並非完全不可能，他們也曾聽說誰誰誰經過香港把大陸的家人接了出來，但那也非易事啊，而且是愈來愈難。萬一語燕嫁了，卻沒能將家人接出來，怎麼辦呢？

「你聽我的勸，能多讀點書，就多讀一點，將來靠自己，不比什麼都強。」

「但是靠我，我怎麼有辦法接出我爸媽。」

「將來怎麼發展，誰也不知道，就是你嫁人了，也未必能完成這心願啊。語燕，有機會嫁給自己愛的人，才有幸福。」

語燕想問，安雪，你不幸福嗎？終於還是沒有說出口。是吧，嫁給一個自己不愛的人，即使有許多價格高昂的舶來品可用，也不會幸福的。她若再問安雪這樣的問題，哪還能算安雪的好姊妹。

語燕聽了安雪的話，打消了嫁人的念頭。但是語燕的頭髮卻沒有如安雪說的捲度消失，回復直髮，雖然將髮尾的部分剪掉，依然看得出來燙過，即使語燕天天洗髮，也沒法使得它快點變直。眼看著開學了，語燕無法，只能硬著頭皮回到學校，老師的責備自然是少不了，就是同學間的嘲諷，她也沒少聽。語燕原就因為人長得漂亮，常引來閒話，這下更是罪證確鑿的作怪，冷嘲熱諷直到兩個月後，捲髮完全剪掉了，才逐漸平息。還有個別不甘心就此作罷的人，繼續抓著不肯放，只不過引不起聽的人興趣了，不得不另找新的茬子。

就在這時候，又有了新的轉學生，郭晴蕤，一看就是台北來的，裙子比別人短，上衣裁剪得也很合身，腰部曲線清晰可見，她的到來立刻引起許多私語，紛紛在背後議論她為什麼要轉學，加油添醋數說她的過往。

池月和寄嵐也是轉學生，只不過比晴蕤早來了一個學期，但是在這待了這麼一段時間，還是和學校裡各聯中原本的學生格格不入，只有語燕和她們走得較近，現在又加上了新來的晴蕤，四個人上課吃飯總在一處。要說是老生排斥新生也不盡然，她們三個沒經過流亡學生的這一路，和其他同學不但不認識，也看不慣，覺得他們簡直是土得掉渣，只有語燕還好些，她們卻不知，語燕就是因為這一點點時髦講究，才落到不見容的境遇。

所以，真要說起來，別人確實看不慣她們，而她們也不情願親近別人。

池月和寄嵐在台灣都是有家的，池月的母親和哥哥在台北，她一個人在員林讀師範，是因為家裡經濟不寬裕，而她又沒考上台北師範學校，每個月她都會回台北一次，與媽媽哥哥相聚。寄嵐的家庭情況複雜些，父親娶了三個女人，第一個太太留在了大陸老家，寄嵐的母親是第二個太太，生下寄嵐不久，就過世了。現在在父親身邊的第三個太太是到台灣才娶的，所以家裡的弟弟妹妹和寄嵐都是同父異母的。寄嵐生性倔強，她總覺得自己在那個家是外人，是多餘的，繼母並沒有苛待她，她卻不願意留在家裡，她說：「少了我，他們多自在，真真正正的一家人。」

看在語燕眼裡，她們都比自己強，只有語燕在台灣是無依無靠，雖說有小時一起長大的姑姑，但兩人關係並不和睦，還不如學校裡的同學感情厚篤。叔祖父心裡是關心語燕的，但中國老式男人連對女兒的關心尚且在心裡藏著掖著，一方面不知道如何表達，另一方面也覺著不用費勁讓對方知曉，更何況是對侄孫女，這是大哥喜歡的孫女，如今由他帶著出來了，家人不在身邊，他自然是要照顧她的。

叔公糾結的心情，為難的處境，直到後來語燕自己做了母親才都明白了。叔公心裡疼女兒，但是一隻裝了水的碗只要沒擺平，水就會灑出來，他不能讓人說自己偏心，只照顧自己的女兒，不照顧侄孫女。流翔懂得這道理，雖然她只比語燕大一歲，但因為輩分長了一輩，從小家裡要求的就不同，別人拿流翔和語燕比，總會不自覺加上一句：流翔是姑姑哪。流翔恨死了這身分，她必須事事贏過語燕。

流翔也確實好學，她想念大學，她的成績也不成問題，但是，父親的生意丟在了青島，來到台灣後阮囊羞澀，實在無力供兩個孩子讀大學。如果讓她念了，將來回老家親戚知道流翔讀了大學，語燕沒讀，不會說是因為流翔成績好，一定會說是父親偏心，親閨女就供著讀完大學，侄孫女就撇著不管了。所以流翔選擇念北女師，學校公費，語燕能念公費就念，不能念，也不能說她爹偏心。

語燕四十歲的時候，一兒一女，一個讀小學，一個讀初中，她每每看著丈夫如何疼寵自己的兒女，對別人的孩子卻不見那般和藹慈祥，便知父母對子女有私心實是天性。她記得還在老家的時候，叔祖父沈威在青島的生意做得興盛，一日回家，正遇到流翔和語燕兩個在院子裡踢毽子，他說：「別只顧著玩，漸漸大了，要用功讀書，將來才能進輔仁大學。」那年，語燕才九歲，流翔十歲，叔祖父原希望她們可以讀輔仁的，怎麼知道趕上了這麼個年歲。

四十歲的語燕，對四十一歲的流翔說：「當初如果不是我，你不會只是一個小學老師，你會讀大學，會成就更大的事業。」

流翔聽了，有些驚詫，她一直以為語燕不知道她讀師範的用意，驚詫之後，很快轉為安慰，畢竟都中年了，流翔說：「也許事業更大，卻不見得更重要，我後來覺得這樣的人生也沒什麼不好，去市場買菜，處處聽得老師老師的叫喚，我就是讀了大學，甚或出國深造，真就比較幸福嗎？你能明白當年我的處境，爸爸的為難，就好了。」

他們曾經不止一次假想，回了老家，親戚會怎麼說？這樣的情節卻直到語燕四十歲，都沒發生，他們還是沒能回家，甚至不知道何時可以回家。但是她和流翔之間的嫌隙已然消失，並且在三十年後意識到這輩子和自己相伴最久的其實就是彼此。此時的她們還不知道，在更遠的未來，年邁的她們將逐漸記不住眼前的事，不記得降血壓藥吃了嗎？分不清今天是週一還是週二？但她們依然清楚記得老家大宅院裡兩人一起擲沙包跳繩，身穿紅襖甩著小辮的模樣。

十月的假期多，書袖來員林看語燕，語燕去車站接她，看見她還帶了一個男人來，男人看起來有點老，語燕一時摸不著頭緒，書袖信上只說來找她玩，沒說還有別人，是她的親戚嗎？書袖只簡單地介紹，說他是何醫生。三個人決定去八卦山，所謂的三個人決定，其實就是書袖的意思，何醫生什麼意見都沒有。

到了八卦山，何醫生拿出相機，替書袖和語燕拍了好些照片，兩個人獨影合影，書袖不斷指揮著：這花顏色好看，來，語燕在這裡拍一張；這棵樹的姿態特別，語燕站在樹下，對，對，靠著樹，照全身的。語燕都不好意思了，偷偷問書袖：「我幫你和何醫生拍一張吧，不過我不大會對焦就是了。」

「不用，他就是來幫我們拍照的，他說他有相機，可以幫我們拍照，我才答應讓他來的。」

這麼聽起來，何醫生應該是書袖的追求者，書袖才開始去醫院實習，就已經有人盯上了啊？語燕這樣想著，再看何醫生，眼光就與剛才不同了，她覺得他老實得好笑，已經到了傻氣的地步，加上寡言木訥，簡直就是書袖叫他做什麼，他就做什麼。一卷底片拍完了，他終於說了一句話：「還拍不拍？我去買底片。」

「今天不拍了，這樣吧，你去買點喝的、吃的，我們渴了。」書袖下達指令。

何醫生得令，立刻去跑腿張羅。

書袖和語燕坐在亭子裡等，語燕問：「何醫生人挺好的，但是年紀是不是有點大？」

「他說他三十，那就比我大十歲，是大了點。」

「他不會騙你吧，安雪結婚的時候，對方說是二十九，比安雪大十一歲，等後來登記的時候，安雪看到他的身分證，才知道他已經三十三歲了，比安雪大了十五歲。」

「你也覺得他看起來不只三十歲，對嗎？醫院裡的同事說他顯老，還說醫生顯老好，這叫少年老成，病人才會信任，病人對太年輕的醫生沒信心。」

「也不是說他老，但總得弄清楚，你喜歡他嗎？」

「也談不上，但我也沒遇到其他喜歡的人啊，我只是覺得他對我還挺認真的。」

「我看他挺聽你的話。」

「他也是一個人在台灣，沒有家人，我想這樣也單純，你知道的，我最煩做家事，要是有婆婆小姑，我怕我受不了。」

語燕點點頭，表示理解。以前還在家裡的時候，語燕的媽媽就和語燕說：「我的小燕啊，以後嫁的人沒錢也不要緊，但別有一大家子人，大家庭的媳婦日子難過啊。」語燕的媽媽就是長媳，家裡從公公起五個兄弟全沒分家，彼此看著都有意見，誰賺得多？誰又花得多？哪邊的親戚怎樣了？誰家的孩子又怎樣了，每天閒言碎語沒完沒了。

語燕當時年紀小，不懂，只知道媽媽不敢另給語燕做語燕喜歡吃的東西，像是淋蛋餅和綠豆湯，並不費什麼，但怕人說她寵孩子。爸爸對媽媽也是，不敢當著別人的面對妻子好，就有好事者惟恐天下不亂，愛拿出來說嘴。如今，年紀大了，語燕想，他們家之所以會是地主，會成為鬥爭的目標，不也就是因為沒有分家，若是分了，到語燕堂哥這一輩，假若結了婚的人都分些田地單過，原本的家產得瓜分成幾十份，哪裡會比旁人多？語燕的父親是長孫，同一輩的叔叔們加起來就有二十個，堂哥中也好幾個已經訂了親，看著似乎有挺大的一份家業，但這所謂的家業養活著近百口人呢，只是為了老觀念，不能分家。

正說著，何醫生回來了，買了冰棒、汽水、茶葉蛋和包子，書袖接過來，先遞了一支紅豆冰棒給語燕，語燕最喜歡吃冰棒了，又拿了一瓶汽水幾個包子給何醫生：「喏，你過去坐在那邊，我還有話和語燕說，你別聽我們說。」

何醫生接過包子汽水，一個人坐在旁邊默默吃著，看起來沒有絲毫不悅。

「你這樣是不是太欺負人了？」語燕為何醫生不平。

「沒關係，待會坐車回台北，還有好幾個小時，他有話要說，那時說也不遲，我等了好長一段時間，有好多話和你說。」

兩個女孩絮絮聊著，有說不完的話，眼看著天色暗了，書袖只能回台北。上了火車，她並沒有像剛才和語燕說的那樣，她依然沒和何醫生多說什麼，火車啟動不久，她就閉目養神，不一會，真的睡著了。直到火車到了新竹，天已經全黑了，她微微張開眼，何醫生忙把剛才在火車上買的便當遞給她，說：「還熱著呢，快吃吧。」

書袖打開便當，裡面有一塊滷排骨，一塊豆干，半顆滷蛋，還有兩片日式醃漬黃蘿蔔片，這種看著顏色漂亮吃起來酸甜的黃蘿蔔片，起初從大陸來的書袖吃不慣，時間久了，卻吃出了滋味，下飯倒也爽口。她吃著便當，覺得這鐵路便當就像何醫生一樣，平實無華，但是溫暖舒適。

語燕和書袖在彰化火車站分手，書袖和何醫生要坐往台北的火車，語燕往南，到員林，彰化離員林很近，即便是慢車，二十分鐘也到了。語燕手裡拎著包子和茶葉蛋，何醫生買得多了，語燕原本讓書袖帶著吃，書袖說下午吃多了，不餓，要語燕帶著，等語燕回到學校，怕已經錯過飯點了。語燕知道一回到宿舍，池月、晴蕤和寄嵐準會風捲殘雲般地消滅包子和茶葉蛋，語燕看了看手裡的提袋，剩下兩個包子，兩個茶葉蛋，這下怎麼分？誰吃茶葉蛋？誰吃包子？

上次為了晴蕤回家，媽媽給了她一點零用錢，只夠吃兩碗糖水剉冰，晴蕤想，池月和寄嵐也回家了，只有語燕在台灣沒有家，而且這會兒池月和寄嵐回家也還沒回學校，正好和語燕倆去吃冰。十月的員林還很熱，兩個女孩高高興興地坐在學校旁的一家小冰店，要了兩碗清冰，如果吃四果冰，只能吃一碗，晴蕤寧願和語燕一起分享，雖然這樣就吃不到紅豆和酸甜多汁的蜜餞了。冰才吃了一半，寄嵐剛好從火車站出來經過冰店，她不聲不響走到語燕和晴蕤的身邊，語燕回頭，看見是她，驚得不知如何是好，晴蕤忙想解釋，寄嵐哪裡肯聽，掉頭就走。

語燕和晴蕤想追，一方面知道這會兒寄嵐也聽不進解釋，另一方面也捨不得碗裡沒吃完的冰，等她們回到宿舍，早她們一步進門的池月也聽說了，兩個人一起不理語燕和晴蕤。寄嵐眼睛不看她倆一眼，嘴上卻以足以讓她倆聽見的音量說：「枉我們拿你們當姊妹，有什麼不是一起分享，原來人家心裡根本沒有我們，悄悄地背著我們吃好吃的。」

語燕和晴蕤知道，池月和寄嵐生氣，不是因為嘴饞，沒吃到那碗糖水清冰，而是她們倆獨自去吃冰的這件事，讓她們覺得自己被背叛了。在成人的世界裡，這樣的認定是沒有道理的，但是在年輕女孩的友誼裡，她們應該一直一樣要好，誰若和誰更好一些，其他人心裡便要不舒服的。

不過，她們這個年紀的年輕人也真是饞，學校伙食又不好，語燕聽說有一回，男生宿舍有人收到了一個包裹，打開來竟然是韭菜煎包，大約是收件的同學喜歡吃煎包，和寄包裹的人說學校附近買不著，所以巴巴地寄來一盒煎包。不知道是不是冬天天冷，還是寄的是限時包裹，一天也就到了，煎包倒沒壞，一股撲鼻而來的韭菜香立刻驚動了整間宿舍，大夥一擁而上，反應慢的人都還來不及看清，煎包已經被掃得精光。害得那個收包裹的同學心疼了好久，明明手裡扎扎實實捧著一大盒包子，結果他也只吃到了一個。

清冰事件後，整整過了一個星期，池月和寄嵐才肯理晴蕤和語燕。現在語燕煩惱著，如果三個人都說要吃茶葉蛋，怎麼辦？還有包子給她們吃了，她就連晚餐都沒得吃了，只能餓到明天早上，早餐雖然只有稀飯饅頭配一點鹹菜，至少還能吃飽。

踏進寢室的語燕卻沒想到她們給她留了一碗麵，裝在搪瓷杯裡，雖然麵條已經冷了，語燕還是高興地吃著，寄嵐說：「你喜歡吃麵，我們一看今晚食堂做的是麵，你回來一定還沒吃飯，就想著無論如何得幫你留一碗。」語燕一邊吃麵，一邊看著她們吃包子和茶葉蛋，看來路上她是多想了，眼前一片和樂。

食堂的麵其實只是煮熟了，加上一點青菜湯，勉強算是陽春麵吧，外頭麵攤的陽春麵好歹湯底是大骨頭熬的，學校食堂的可就真是清湯寡水。但是因為年輕吧，胃口都好，這樣沒滋沒味的清湯麵，加上一匙辣椒醬，就能讓他們吃得有滋有味。那時的他們還不知道，這樣一碗清湯麵、搶食一空的韭菜包子、氣得不理人的清冰，日後都是無可取代的記憶，讓他們成為彼此永遠的家人，而一輩子只有一次的青春歲月就是由這些甘苦與共的微小記憶堆砌而成。

當然，吃著清湯麵的語燕，此時也不知道明天正有一件災難等待著她。

第二天上午的課還沒上完，語燕就被叫去了訓導處，學校收到一封檢舉信，說她暑假在校外亂搞男女關係，信上言之鑿鑿地列出許多莫須有的罪名。學校裡本就有老師看語燕不順眼，這下正中下懷，主張開除語燕。胡老師認為單憑一面之詞處罰自己的學生有失公平，應該做一下調查，首先就是找來語燕問話。

檢舉信是匿名的，但語燕一看那信，立刻就知道是誰寫的，是她在基隆的鄰居。男孩原本一直勸她不要南下員林，說了許多員林的不好，又說要托人幫她轉學到北二女。但語燕覺得能和老同學在一起總是好的，更重要的是讀這一所學校不用花錢，語燕沒有錢。後來他見語燕還是執意要去員林，男孩急了，開始寫情書向語燕表白。語燕一開始只覺得他熱心，對他完全沒有別的想法，在收到表白信之後，去意更堅。男孩曾寫過好些信，所以語燕一眼就認出是他的字跡，但誰會相信自己，說出實情，是不是反而正好落人口實。那些希望語燕被開除的老師會說，這不就證明了沈語燕行為不檢，以情惑人，卻又用情不專，最終惹來報復。

語燕不知道應該如何解釋，才不會將自己推向更險惡的深淵，若是這所學校待不下去了，她真不知道自己還能去哪？訓導處裡她只是咬定自己什麼都沒做，這一封信完全是造謠，是惡意中傷。

訓導處又分別找了常和語燕來往的同學問話，池月、雯荔和書盈都堅決相信語燕沒有做任何有損校譽的事，出人意料的是問到晴蕤時，一向和語燕感情特別好的晴蕤卻回答說，暑假時她還沒轉學過來，她都不認識沈語燕，怎麼能知道她做了什麼，沒做什麼呢？這一段話是胡老師後來告訴語燕的，語燕聽了非常訝異，完全無法相信。她至少應該說她觀察到的沈語燕日常言行並無可疑，信上的指控完全是空口無憑啊。

就在這封檢舉信汙衊事件剛發生的那一天，語燕氣得在宿舍裡哭，覺得自己被冤枉了，要是真被開除了，不但風言風語讓人知道有損名聲，接下來自己又還能去哪？流翔已經去讀北女師，基隆的房子叔公都退掉不租了。她哭得淒切，晴蕤也在一邊陪她哭，晴蕤偷偷和她說：「你要是有什麼決定，叫上我，別撇下我啊。」

晴蕤口中的決定指的是尋短，語燕被人冤枉，真是想死的心都有，但她畢竟不甘心這樣做，她總要回家見見爸爸媽媽。

語燕以為晴蕤對自己應該是有情有義啊，晴蕤陪著她哭的時候，寄嵐可看不下去，在一旁說：「哭什麼？你要被開除，我和你一塊退學，我們出去，離開這破地方，我就不信會活不下去。」對年輕人來講，有時死並不可怕，比起無處可去，後者更讓人心慌，所以寄嵐這麼說時，語燕只覺得她是安慰自己，晴蕤要她別撇下她時，語燕反而覺得那是真心。

胡老師卻和她說，訓導處問寄嵐時，寄嵐說暑假她和語燕在一起，語燕做的事，她都做了，要開除一起開除。語燕這才明白寄嵐在宿舍說的是真的，但是難道學校真的因為她這樣說，就不開除自己了？胡老師告訴語燕：「主要是這封檢舉信並沒有證據，而且匿名方式很可能是想陷害你。另外，你可能不知道，寄嵐的父親在教育部任職，職位還不低呢，寄嵐來這所學校是為了可以寄讀，她不願意在家裡和繼母住在一個屋簷下。」

語燕這才明白學校的顧慮，但她還是不能明白晴蕤為什麼這樣說，是因為明哲保身，怕自己受到牽連，和家裡無法交代嗎？還是她其實沒有真心將她當作朋友，只不過和別人更加處不來，所以平日總和語燕形影不離。

語燕對於人與人之間的關係，還有很多不明白，她沒有問晴蕤為什麼這麼說？她甚至沒有疏遠晴蕤，只是偶爾，真的只是偶爾會想起這件事，心裡隱隱地刺一下。直到兩個人都七十多歲了，她也不曾問晴蕤，當時究竟為什麼這樣回答？至於寄嵐，語燕也不曾和寄嵐說聲謝謝，不曾讓寄嵐知道胡老師將她如何維護自己的事都告訴語燕了。但是同樣的，她有時會想起寄嵐的義氣，她於是知道自己對寄嵐而言是不同於別人的，心裡便暖洋洋的。或許寄嵐能這樣率性正是因為她已經沒有母親，不用怕媽媽煩惱擔心，反而少了顧慮。更何況歸根結柢，晴蕤並沒說謊，她確實是暑假之後才轉過來的，只是在少女的義氣裡即便是相識前的一切，也該秉持信任。

語燕想起每回只要自己分數比寄嵐高，寄嵐就故意陰陽怪氣地在宿舍裡指桑罵槐，有好幾次，語燕的作文分數特別高，胡老師還稱讚語燕文情並茂，好勝的寄嵐心裡就更不受用了，一回到宿舍就將書本摔得劈啪響，嘴裡罵罵咧咧的，完全沒個斯文樣。

語燕心裡暗想，寄嵐在家裡怕不是繼母給寄嵐臉色看，是寄嵐給繼母臉色看吧。語燕心裡胡亂想著，臉上卻不動聲色，明明知道寄嵐罵的是自己，她卻一句也不回嘴，要讓她自覺無趣說不下去，畢竟一個巴掌拍不響。氣得寄嵐逼到語燕眼前大罵木頭，語燕依然不理，寄嵐憤怒地說：「木頭，天底下怎麼可能還有文情並茂的木頭，我倒要看看一塊木頭能怎麼個文情並茂法？」

語燕以後每次想起宿舍爭吵的往事，便也會想起寄嵐曾經如何維護著她這個木頭，語燕知道，寄嵐是真心相信別人是惡意中傷語燕。

年輕女孩的情感世界是纖細敏感，一點點小事也能讓她們悲喜，讓她們嫉妒或怨憤，她們自有一套行事標準，就像校園裡的白千層，這一種常綠喬木，是語燕來到台灣後才看過的一種古怪的樹，樹可以長到三層樓高，灰白色的樹皮不斷層層剝落，又層層生長，就像年輕女孩的心事。樹梢頭穗狀的花序呈乳白色，有如一把把柔軟的小毛刷，風吹過，便輕輕拂拭著天空，語燕聽當地人說，白千層的葉可以當藥用，有祛風止痛之效，有人用來治風濕骨痛，神經痛。效果怎麼樣，語燕不知道，語燕只覺得白千層是一種有趣的樹，一層層的樹皮上還能寫字。有一回，語燕、寄嵐、池月和晴蕤一起把名字寫在白千層的樹皮上，那樣的行為對他們四個人而言更像是一種儀式，見證她們親如姊妹的情誼，不是同生死的豪情義氣，而是相知相守的溫柔信念。

語燕想起寫了她們名字的白千層，她想，晴蕤是有原因的，雖然她不知道原因，她為寄嵐對自己的真心感動，卻並不怨怪晴蕤。

就在語燕幾乎已經忘了初轉學員林實中時，有人寫了封情書給她，塞進書包時弄散了她的生物課本，害她遭受處罰的這件事時，往事忽然浮上檯面。有時候事情的發展就是這樣，和你的期望無關，冥冥中自有牽引的力量，只是那力量的緣由，我們不瞭解。當年那封招惹來悶氣的情書早被語燕撕碎扔了，信裡的文字因為缺乏文采，自然也沒在她心裡激起任何漣漪，原本因為連累她挨罵，語燕還曾經想知道信是誰寫的，好痛痛快快罵他一頓，時間久了，也就忘了。這時寫信的人卻出來自首了，不是別人，就是語燕來到員林的第一天，和王曉東一起遇到語燕的丁忠敏，當時語燕只覺得他們流氣，根本沒看清他們的長相，丁忠敏卻是心思蕩漾，對語燕一見鍾情。

半大小夥子，其實還不知道什麼是愛情，但是他平常挺活潑的一個人，一見到語燕就結巴，緊張得不知道手該怎麼放，校園裡遠遠看見語燕在對面走廊，他就飛跑過去，假裝迎面巧遇，語燕根本不知道他是誰，偶爾遇到了語燕眉眼間泛著微笑，那笑靨也不是對他，他卻興奮得整天浮想聯翩。

直到他鼓起勇氣寫信表白，又沒有勇氣簽上自己的名字，他原是想偷偷躲在一旁，觀察語燕看了信後的表情，若是有一點半點欣喜，下一封信再說自己是誰，不想這一封信引起軒然大波，不但胡老師和溫老師吵了起來，語燕還遭受處罰。

丁忠敏不是怕事不敢承當，溫老師說要以毀損公物之名記沈語燕過時，他真的恨不能立即挺身而出，說書是他不小心弄壞的。但他也知道那麼接下來他就必須交代，為什麼他翻了沈語燕的書包，他不能說是為了傳情書，那不但會給自己帶來麻煩，也可能牽連沈語燕一併受處分。好，那麼不說實話，翻書包的動機就可能被導向另一個方向，懷疑丁忠敏是否意圖偷竊，那處分就可大可小，丁忠敏最擔心的還是沈語燕會怎麼看他？左思右想，終於還是沒有承認。

沒想到上學期學校來了一位年輕的數學老師，台灣大學畢業的高材生，說是老師，其實只比他們大了幾歲。數學老師姓魏，魏老師一來，丁忠敏追求異性時對同性自然衍生相斥排擠的原始直覺立即啟動了。他意識到魏老師和他一樣，第一次踏進教室，就被沈語燕溫婉清秀的模樣所吸引，上課時他的目光總是投向她，各種各樣難以理解的數學公式都像是對她訴說滿心的傾慕。他一眼就看出來了，別人卻都被蒙在鼓裡，丁忠敏急得不得了，卻苦無機會提醒沈語燕。

第一次小考後，這情形更明顯了，沈語燕考了九十五分，魏老師於是讓沈語燕擔任數學小老師，每回考試後，魏老師仔細批改沈語燕的試卷，並親向沈語燕講解每一道題，然後由沈語燕在辦公室幫忙批改其他同學的卷子。說是數學小老師，這分明是魏老師為了增加兩人相處的機會想出來的辦法，批完卷子，他正好有藉口請沈語燕吃飯，吃完飯還可以吃個冰，散散步。單純的沈語燕完全不知道魏老師別有用心，還以為這是自己功課好，所以贏得老師的另眼相待。

丁忠敏想得沒錯，沈語燕確實不知道魏老師已經萌生追求她的想法，只是礙於師生的身分，不好表示；丁忠敏不知道的是，沈語燕比誰都煩惱眼下的情況，第一次小考考了九十五分，對沈語燕而言純屬意外，她並不喜歡數學這門課，結果魏老師卻指派她擔任小老師，讓她幫忙改卷子，她只好每一節課都認真聽講，完全不敢放鬆，怕老師要她上臺在黑板上當眾解題。放了學，還要勤背公式，不然被喊到了辦公室，魏老師當面批改她的卷子時，要是錯的比對的多，那多難為情，她面子上下不來。所以，對於現下的情形，沈語燕苦惱得不得了。終於學期結束了，一開學聽說魏老師不來了，他要準備公費留學考試，沈語燕不覺鬆了一口氣，她的數學又可以恢復到原本七、八十分的水準，讓別人爭取優異成績獲得老師的稱讚，去當小老師吧。

師生的關係既然已經結束，魏老師便開始大方地寫信追求沈語燕，他一心希望沈語燕接受他的情感，他出國留學時，便可以攜眷了。因為擔心學校的收發對於學生的信分送不用心，魏老師每一封信都寄掛號，這可害苦了沈語燕。宿舍裡，有同學接到掛號信都是家裡或親戚寄錢來，所以女生宿舍有了不成文的默規，誰收到掛號信就要請客，大方一點每人一支冰棒，不然，一人一塊花生糖也行。女生宿舍有幾十個人，不論買什麼請客，都不是語燕負擔得起的。沒想到，魏老師離開了，他帶給語燕的苦惱還在繼續。

師生戀在當年是忌諱，其實語燕今年已經十八歲，可以算是成年人了，但那些觀念保守的人依然認為這是有違倫常。所以現在雖然魏老師已經離開學校，不算是語燕的老師了，但語燕還是不願意讓人知道，以免新的流言飛竄，又不知引來什麼煩惱。語燕的掛號信其實是魏老師的情書的事，只有池月、寄嵐和晴蕤知道。

寄嵐主張語燕回信給魏老師，明白告訴他寫信可以，別再寄掛號信，這樣會害得語燕債臺高築；池月覺得不妥，萬一魏老師繼續寄掛號信，卻在信裡夾上一張匯款單，由他為語燕的請客買單，男老師女學生之間，還夾有金錢糾葛，就算語燕退回匯款單，話傳出去，也不知會有多難聽哪。

池月下結論：「人言可畏啊。」

「你究竟對魏老師有沒有一點好感？你們有可能發展嗎？」晴蕤問，她認為得先知道語燕的想法。

「我從沒想過這件事。」語燕誠實地說。

「所以在他追求你之前，你對他是完全沒感覺。」晴蕤分析。

語燕點點頭。

「你以前曾說，如果能有海外關係，說不定能接出你爸媽團圓，你現在還這麼想嗎？」

池月問，手上正剝一枚橘子，她遞了一半給語燕。

「當然，但是，我漸漸覺得這實在不是件容易的事。」語燕接過橘子說。

「魏老師如果去美國留學，會不會有機會？」晴蕤說。

「就算有，魏老師是不是願意為這件事盡心盡力，也很難說。」池月認為這才是現實，

語燕因為安雪的例子，萌生了嫁一個老公，老公能幫她養一家子人的想法。但這不是每個男人都願意承擔的，而且安雪的媽媽弟弟本就在身邊，語燕的家人卻在大陸。

「池月說的沒錯，魏老師就算考上了公費，經濟也不寬裕，不見得有這樣的能力。更何況哪個人不先顧自己呢？」寄嵐說，心裡浮現母親過世未久就續弦的父親，男人沒了這個女人，另找一個就是。

「如果你喜歡他，那當然沒話說，如果不喜歡，不能為了這個理由和他交往。」晴蕤說。

「那我的確是並不喜歡他。」語燕說。

四個女孩捧著書，在校園一角的木棉樹下竊竊私語，遠遠瞧著都以為她們討論功課，一有人靠近，她們立刻噤聲，嘴裡喃喃背誦著課本上的英語單詞，她們的默契很好，人一走遠，討論就又立刻展開，沒人會斷線跟不上。

這時是十月，不是木棉花開的季節，語燕第一次看到木棉花是在廣州，一朵朵碗大的花，那麼鮮豔的橙紅色綻放在枝頭，五片厚實的花瓣簇擁著黃色花蕊，語燕從沒見過這麼厚的花瓣，花瓣總是讓人聯想到輕柔的綢紗，木棉花瓣卻比毛呢還厚。枝頭的花朵明明開得正盛，沒有絲毫凋萎的跡象，無預警地突然整朵從木棉樹上墜落，真真是擲地有聲，碩大厚實的橙紅花朵在空中一路旋轉而下，啪的落到地上。

樹下落英紛陳，花朵仍維持著原本枝頭綻放的姿態。

那時語燕就被木棉花所吸引，後來，到了員林，不想校園裡就有一棵木棉樹。語燕有時在樹下默默望著直伸向天際的枝葉，筆直的樹幹直挺挺站立，這在春天開出美麗花朵的樹，身上卻長著一顆一顆瘤刺。有一回，寄嵐發現語燕怔怔望著木棉，她和語燕說：「木棉又叫英雄花，因為它的花開的豪氣不扭捏，我就喜歡這樣的花。奇怪，這麼直爽豪氣的花，沒有生長在北方，反而長在婉約秀氣的南方。」

「樹幹上這麼些疙瘩。」語燕嘟囔著，似乎為木棉樹抱屈不平。

「英雄身上哪能沒有傷疤，這是勇敢的痕跡。」寄嵐當時這麼說。

寄嵐說這話時是五月，木棉的蒴果成熟，裂開後裡面滿是棉絮，語燕和寄嵐抓著空中飄墜的棉絮，暫且放下了關於木棉花和英雄的討論，計畫著要收集足夠的棉絮填一隻枕頭，然而直到她們畢業，這個願望終於還是沒能達成。

「所以，現在回到最迫切要解決的問題，請客怎麼辦？已經是第三封掛號信了，我們能湊的錢都湊了。」池月將話題轉回到眼下的燃眉之急。

「我寫封信回去要零用錢，說球鞋破了，非買不可。」寄嵐說，畢竟她的家境最好，她覺得自己義不容辭。大方又講義氣的寄嵐，還真有幾分英雄氣。

「這也不是長久之計，語燕，我看你想用不回信，來讓他明白你的拒絕，他明不明白，我不知道，但我卻知道這會讓我們大家破產哪，你還是寫信拒絕他吧。」池月闔上了書本，手肘支在書上托腮歎氣。

四個女孩子討論的同時，丁忠敏卻已經風聞語燕每週收到一封掛號信的事，情敵敏銳的危機感，讓他直覺地意識到那是魏老師。他藉故在學校收發室尋找一封莫須有的信，果然確定了他的懷疑，信是魏老師寄的，他的心揪了起來，立刻感受到緊迫急切的焦慮，不能再等，他必須再一次向沈語燕表白。經過了一年的時間，丁忠敏不再憑一股傻勁莽撞行事，他覺得寫信表白不是最好的辦法，他決定鼓足勇氣當面說，但是在開口之前要讓沈語燕明白他的誠意。

丁忠敏這一日又假借尋找那封莫須有的信在收發室徘徊，他已經連著做了幾日，收發室的老王被他煩得不行，最後索性由著他穿梭，反正他除了東瞧西瞧，似乎也沒出現什麼不妥的行為。果然，和丁忠敏推算的差不多，今天又有魏老師寄給沈語燕的掛號信，丁忠敏立刻去福利社買了五十支冰棒，這是他反覆計畫過的，中午沈語燕會來拿信，他就把冰棒給她，他估計她會收，接下來自然會問他為什麼準備好了冰棒在這裡等她，他就可以趁機表白。

他知道上一封掛號信沈語燕還沒兌現請客的約定，現在又一封，她陷在為難中，不知如何是好，卻又不願說破。再加上冰棒這東西和其他東西不一樣，它是會融化的，尤其在中午，沈語燕根本沒時間考慮，池月和寄嵐如果在旁邊，八成也會勸語燕先拿著，然後再計議，眼睜睜看著冰棒在他手裡化成水，卻不肯接過去的機率不大。

果然，第四節一下課，沈語燕和池月一塊來了，在收發簿上簽了名，取了信，丁忠敏躲在一旁看著，他必須躲，不然，他的哥兒們看見他拎一袋冰棒，那還不一擁而上，搶食一空，然後再抓著他盤問為什麼會這麼闊氣買了一袋冰棒傻站在這兒。為了實現他的計畫，他必須躲，當沈語燕就快要走到他面前，距離還有一百公尺時，他衝到沈語燕面前，把冰棒遞給她，面紅耳赤地說：「我聽說你上次收了掛號信還沒請客，喏，拿去，我幫你準備好了。」

沈語燕沒有接，她一下子還沒回過神。

「快拿著，不然冰棒化了，就沒法吃了。」

池月一聽，不及細想，直覺伸手接了過來。

冰棒一離丁忠敏的手，他立刻轉身跑了。

「這是怎麼回事？他怎麼知道掛號信的事？還買來這些冰棒？」語燕滿心迷惑，心裡迷茫一片，摸不著頭緒，真是如墜五里霧中，難怪會有人這麼說。

「先拿回去，不然真化了。」池月說。她打開裝冰棒的塑膠袋看了一眼，紅豆的、綠豆的、橘子的，還有一種淺黃色的冰棒是池月不知道的口味，是新推出的嗎？她心裡胡亂猜想著，是鳳梨？還是檸檬？

兩個女孩來不及細究丁忠敏的事，快步走回宿舍，聽說語燕又收到了掛號信，許多饞貓都等在宿舍，一見冰棒來了，迫不及待地分光了，語燕看都沒看清，已經人手一支。

「我家裡錢寄來了嗎？你們怎麼有錢買冰棒？」寄嵐悄悄問。

「就算是你家錢寄來了，不也得你去領嗎？」池月說。

語燕拉著池月和寄嵐往外走，說：「不行，我得去問問丁忠敏。」

「丁忠敏？這關他什麼事？」寄嵐一臉糊塗。

池月三言兩語先向寄嵐交代剛才發生的事，然後再轉向語燕：「你現在上哪去找他？男生宿舍？那豈不是人盡皆知。」

語燕嘟著嘴沉默著，她滿心不情願收了丁忠敏的冰棒，但這會也不好埋怨池月，畢竟事情太突然。

「我看這樣吧，下午上課，我悄悄約丁忠敏晚飯後到圍牆後邊，我陪你問清楚怎麼回事。」池月說。

語燕一時也想不出更好的辦法，只好點頭。

整個下午，語燕無心聽課，她已經寫了信拒絕了魏老師，她委婉地說自己想專心於課業，還不想談感情，她相信以魏老師的人品，一定會遇到比自己更好的對象。明白人一看就知道這是什麼意思，魏老師的這封信算是為這段根本沒發展的情事畫下句號，他寫道：「雖然沒有緣分，但我永遠記得你姣好的身影，將來隻身在異國的孤寂歲月裡，想起來，也有一絲幸福。」語燕從沒見過魏老師寫出如此文藝腔的句子，該不是從哪本書上抄來的吧？他一向寫信就像解數學題，明白且公式化。這件事是告一段落了，本來語燕可以鬆一口氣，不想竟讓丁忠敏搭上末班車，摻和進來。

吃過晚飯，池月陪著語燕走到圍牆外，別人若遇見她們，她們可以藉口是倒垃圾經過。她們剛走出來，丁忠敏已經悄聲喊她們，他早就在等著了，顯然也是無心吃飯，心事太滿，晃蕩得七上八下，明明是胃口最好的年齡，一時之間也食不下嚥，面對接下來的表白，丁忠敏緊張的手都不知道擺哪？

「你為什麼拿冰棒給我們？那冰棒哪來的？」語燕沒好氣地問。

「冰棒是我買的，我知道掛號信不是你家裡給你寄錢，是魏老師寫給你的。」丁忠敏急急地說。

「你怎麼知道？」語燕問。

學校圍牆外有幾戶民宅，他們站在民宅外的樹影下，池月選的地方確實挺隱密的，牆矮簷低，牆是土磚砌的，鋪蓋著灰色的瓦片，正是晚餐時間，屋子裡傳出煎魚的味道，油膩膩的魚腥味，多年以後，丁忠敏回想起自己一生中唯一一次勇敢的追求表白，那記憶竟然是瀰漫著煎魚的氣味。

「魏老師喜歡沈語燕，我看得出來。」

「你別胡說。」池月阻止他。

「我也喜歡你，沈語燕，只是沒有勇氣和你說，你別接受魏老師，他有什麼好？只是比我們大了幾歲，所以現在顯得比較有辦法，你看他那麼矮，我將來一定比他好，我們是同鄉，將來一起回山東，他是南方人，不適合你的。」丁忠敏急急地說：「而且我比他更早就喜歡你了，你回員林的第一天我就喜歡你了，我還在你書包放過一封情書……」

「喜不喜歡這事又不是看誰先來後到，你先喜歡又怎樣？」池月不以為然地批評，至於那封情書為語燕招來的麻煩，池月並不知道，那時她還沒有轉學過來。

原來當年害她挨罵的那封情書是丁忠敏寫的，事過境遷，她的氣早已消了，失去了責罵他的念頭。沈語燕起先覺得他說的有些語無倫次，但想想，又好像不無道理，看來他還真是細細思量過，只不過畢竟年輕，還是不成熟。

「冰棒的錢，我會還給你。」語燕說，她恨不得現在就掏出錢來結掉這筆帳，只是實在沒錢。

「我不要你還，那是我願意的，我不想你為難。」

「不想我為難，就讓我還，只不過得過一陣，我現在沒錢。」語燕困難地說出最後一句話，這有些傷她的自尊心。

「說到錢，你哪來的錢買那麼多冰棒？」池月問，他們都知道丁忠敏在台灣無親無故，不會有人寄錢給他的。

「我賺來的。」丁忠敏說，語氣中透出一絲男人的驕傲，但那驕傲有些孩子氣，只是當時的他不知道。

「你怎麼賺來的？」池月不信。

「星期天，我去幫人刷了一天的油漆。」

語燕當時沒有理會，只覺得丁忠敏煩，她果斷地告訴他，他和她是不可能的，永遠不可能。女孩子的決絕有時候可以冷得像冰，可是後來回想起這一天，回想起手中沉甸甸的冰棒，是丁忠敏刷了一天的油漆換來的，她還是被感動了。那時，兩個人都已年過半百，在同學會上遇到，丁忠敏說：「沈語燕，哪天請我吃根冰棒吧。」

語燕說：「那有什麼問題，請你吃多少根，都行。」

丁忠敏大笑起來：「只能吃一根嘍，牙不行了。」

語燕說：「那就記賬，我一定請你吃冰，直到你沒有牙咬不動為止。」畢業前她終於還是沒能還丁忠敏五十支冰棒的錢，他怎麼都不肯收，著急地撒手就跑。

「你請的，沒有牙也照吃。」

「那好，就這麼約定囉。」語燕說，心裡浮現在教室用漿糊黏生物課本的黃昏，當時的氣惱早已消失，反而淘洗出了一點點藏著祕密的頑皮。

「我聽池月說你兒子下個月結婚，別忘了給我喜帖。」丁忠敏說。

語燕看著眼前的男人，善良、忠厚、穩重，用現在年輕的人的說法，只不過他不是她的菜。語燕不解，怎麼有人用菜比喻愛情，這比喻真是不倫不類。

丁忠敏卻覺得自己可以明白，想起自己略帶苦澀味的初戀，就瀰漫著一股油膩膩的魚腥味，但是他一點不後悔，年紀大了以後，原本的苦澀也有了回甘的味道，多好。

他們在校園裡彼此陪伴一起度過的時光，那些想吃的總吃不到，鞋破了沒錢買新的，想家也回不了的日子……雖然有著許多不為人知的酸楚，也就因為不為人知，只有他們自己深刻明白，那些別人沒法懂，難以言說的苦，還有年輕歲月裡揉雜的一點樂，些許甜，如茶韻回甘，就更無可替代了。

池月也是在這個時候開始戀愛的，對象是高一年級的男同學，文質彬彬的馬驥才，眼睛不大，但是皮膚白，看著就比其他男同學顯得斯文。他還畫得一手好畫，池月就是因為畫畫認識他的，池月、寄嵐和語燕的壁報在校內比賽得到第一名，將代表學校參加在彰化舉行的中部五縣市高級中學壁報比賽。美術老師找了馬驥才來指導她們，池月立刻對馬驥才心生好感，因為他出眾的氣質，也因為他繪畫的才華。馬驥才的話不多，夾在幾個愛說話的女孩中間更顯沉默，甚至有些靦腆。很快的，寄嵐和語燕都看出池月對馬驥才有好感，便經常藉故遲到早退，增加他們兩人獨處的機會。

準備了整整一個月，完成的壁報作品送出去了，她們懷抱著期望，結果只得到了佳作，頒獎典禮在彰化女中舉行，美術老師帶著她們去領獎，也順便觀摩別人的作品。語燕看到彰化女中的壁報在比賽中得了第二名，寄嵐批評：「她們也不見得做的比我們好，就是材料比我們好，經費充裕罷了。」

語燕突然看到海報上的一個名字：王月霞，去年端午節彰化女中送來水煮蛋時，語燕分到的那一枚上面就寫著王月霞的名字，是同一個人嗎？語燕默默打量會場裡的人，誰是王月霞呢？頒獎典禮開始了，她找到了彰化女中的隊伍，她們當中哪一個是王月霞呢？五個女孩全都穿著燙得筆挺整齊的制服，清湯掛麵的短髮，隱約可以看到白皙的耳垂，直到典禮結束，語燕聽見有人喊：「月霞，來拍照。」語燕看見一個嬌小的女孩，臉上綻開淺淺的笑，戴著一副眼鏡，她就是王月霞。

如果語燕上前去和她說，謝謝你，我拿到了你的雞蛋，還有祝福，她會不會嚇一跳？她也許已經不記得去年端午節曾經送出去一枚雞蛋的事，對於幸福的人來說，這原不算什麼。

語燕卻一直記得，就連王月霞摺痕筆直的褶裙隨著她行走晃動的姿態，她也一併記得了。那是一種有家的姿態，有媽媽照料著的女孩散發出來的一種教養，一種幸福。

語燕她們不只沒有多餘的錢買製作壁報的材料，也沒有電熨斗可以熨裙子。不知道是誰想出了一個克難的辦法，每晚睡前，把裙子整齊鋪平，壓在墊被下，睡一夜，第二天裙子會平整一些，比不上熨斗熨過的，但聊勝於無。當然像寄嵐這樣睡覺不老實的人不能用這種辦法，她就是睡著了還不安分，手舞足蹈地折騰一夜，只怕裙子更是慘不忍睹，反正她平常性格不拘小節，一個月回家一次，家裡自有人幫她燙裙子。

從端午節的雞蛋，到熨燙齊整的學生裙，年輕的語燕心裡有著一種委屈，她原是有家的，現在卻回不去。她羨慕著別人有家人在身邊，但是不肯向別人承認，因為一種年輕不諳世事的自尊心，因為怕一承認，也一併承認自己的無依無靠，因為貧窮而事事不如人。她只能偷偷想家，期待著回家的日子，她願意和別人分享自已有的，而不是分享別人擁有的。

學校放寒假了，這是第一次池月沒有一放假就迫不及待回家，她故意買晚了兩天的車票，留在學校陪陪馬驥中。年輕的他們不但一句纏綿的情話都沒有說過，也沒有握過對方的手，和電影中的愛情相比，池月並不知道自己算不算是戀愛了？她更不知道馬驥中對她，是不是和自己對馬驥中有著一樣的心情，她只知道，能在馬驥中旁邊，她就已經覺得喜悅，即便馬驥中並沒有和她說些什麼，只是默默做著自己的事，她也覺得異常幸福。

兩人一起吃飯時，粗糙的菜色也變得繽紛玲瓏，她會趁別人不留意悄悄將自己盤子裡一小片五花肉放進馬驥中的盤子，俯首低眉不動聲色，馬驥中便也將盤子裡一朵花菜放在池月的盤子，池月偷偷思量，這淺白色的細碎小花，在此刻竟如玫瑰花一般熱情浪漫。

但馬驥中從來沒有任何可以算作表白的話語。

寒假一開始，校園裡明顯冷清了，在台灣有家的，自然是迫不及待回家了；沒有家，但是有親戚朋友的，也提前過去準備一起過年了；留在學校像是馬驥中這樣的，便是除了學校什麼都沒有，在台灣沒有家人，沒有親戚，沒有朋友，即便是對一個二十歲年輕氣盛的小夥子，在除夕夜的當口，心裡也是很難受的。

池月想請馬驥中回家過年，但是，她還沒和家裡提起過馬驥中，不知道媽媽和哥哥的態度，更重要的是，馬驥中自己也沒有表示過，她怎麼好莽莽撞撞一廂情願地把人帶回家。

冷清的校園裡，池月和馬驥中靜靜地並排坐著，期末考試剛剛結束，再用功的學生，這會兒也不會惦記著溫書。馬驥中倒是捧著一本書，是大仲馬的《基督山恩仇錄》，他一邊讀，一邊和池月說著書裡的情節，有時也加上自己的看法。馬驥中是一個好學的人，若不是遇上這麼個年代，他必定是成績優異，一路讀到博士的那類人。但眼前他卻沒這個條件，下學期畢業後，他就得去當兵，他沒錢繼續念書。不過他心裡暗暗計畫，當完兵，他打算邊教小學邊讀大學，白天沒法讀，就讀夜間部。

馬驥中心裡盤算的是未來好幾年的事，他不願意因為環境困難便屈服。池月腦子裡想的僅僅是未來幾天的小心思，回去後騙媽媽想寄幾條香腸臘肉給留校的同學，媽媽應該不會懷疑，這樣馬驥中的年夜飯也不至於太寒磣，總算有點年味，媽媽的香腸臘肉都是自己醃製晾晒的，絕對的家鄉味。

年輕的一男一女，兩人各自懷抱心事，想的雖然不同，倒也不影響他們彼此陪伴。

半年很快過去了，馬驥中依然沒有說過一句喜歡池月的話，沒有牽過一次她的手。他不是不明白池月對他好，只是自己還有長長的求學路要走，還沒有到考慮終身問題的時候，他是一個踏實的人，抱定半工半讀的想法，他知道這樣的日子無論如何是艱辛的。他看得出池月會願意和他一起挨辛苦，她是一個善良體貼的好女孩，他猶豫的其實是，自己要這麼早定下來嗎？

這樣的想法當然有自私的成分，馬驥中面對自己時還算誠實。若在老家，他這樣的年紀，家裡自然是開始張羅他的婚事了。但如今離開了家，一個人在外面，自由自在，想做什麼做什麼，是不是要這麼早結婚？他的心裡其實很矛盾，早結婚，在某方面來看固然失去了一些自由，但也意味著從此在這異鄉有了屬於自己的家，逢年過節不再如孤魂般的寂寞潦草。

當然，這也不是說馬驥中不喜歡池月，所以只從實際面考量，而是他確實是一個性格實在的人，理智大於情感。所以，畢業前兩個月，馬驥中心裡反覆想著這些念頭，表面上依然一派平靜，心裡其實波濤洶湧。不只是他，其他即將畢業的男同學，若是學校裡有正交往的女朋友，也想確定女孩會不會等自己？兩年的時間畢竟不短。

六月，驪歌唱過，馬驥中畢業了，入伍令很快就下來了，池月送他搭上入伍當兵的火車，在踏上火車的那一刻，馬驥中在心中反覆斟酌思量過的曲折，終於化成一句承諾，他握住池月的手說：「等我。」

火車開了，他不得不鬆開手。

池月倒是鎮定，沒有像電影上那樣追著火車跑，火車愈來愈遠，都看不見了，只剩下長長的鐵軌，和池月剛剛開始的思念。這時她的淚才掉了下來，滑到唇邊，池月嘗到鹹澀的滋味，但她依然不知道自己哭是因為捨不得馬驥中，還是因為他的許諾而感動。

9

週末，寄嵐提議去看電影，鎮上的電影院放映《魂斷藍橋》，雖然是一部老電影重放，但是費雯麗的美麗，羅伯泰勒的帥氣還是吸引著她們。有情人因為殘酷的戰爭，命運的捉弄，沒能相守的曲折情節，也特別能博得情竇初開的年輕女孩的感動。

語燕看完電影，心裡別有一番感觸，昨天她收到眉臻學姊的信，問她暑假是不是會去台北？如果到台北，她想邀請語燕到家裡玩。自從眉臻學姊結婚後，語燕就和她疏遠了，一方面固然是因為自己南下員林，距離台北委實不近；但另一方面，多少也受到眉臻學姊放棄了深愛她的學長的影響。雖然，語燕知道流翔說的沒錯，若是眉臻學姊繼續等下去，等到今天也沒法和蒙樂學長團聚，且看來未來幾年情勢，恐怕仍然是如此，難道真要眉臻姊沒完沒了地等下去？

語燕原不是當事人，不需要跟著煩惱，卻如此糾結，也是因為她重感情的性格。看完電影，語燕不禁想《魂斷藍橋》中的費雯麗是因為錯誤的新聞報導，以為男友戰死，才自暴自棄淪落賣身，完全屬於人力無法抗拒。但是，蒙樂學長當初若不是為了眉臻，如今也應該和大家一樣到了台灣啊。

出了電影院，影院門口聚集著許多小販，賣醃李子醃芭樂的，烤番薯烤玉米的，寄嵐掏出錢，說應該還可以買兩個烤番薯，便去和小販討價還價，好說歹說哄小販拿兩個大些的烤番薯。幾個年輕女孩嘰嘰喳喳地繞著小販，藏不住的青春原本就引人側目，正想著心事而顯得安靜的語燕，就更加惹眼。她穿著學生裙，上面是簡單的白襯衫，白襪白布鞋，清麗脫俗，明眼人看得出那白布鞋用牙膏刷過，但是徐沛然可不知道這些。

徐沛然剛來到員林這個小鎮，他是一個年輕詩人，小鎮上這些乍看與當地格格不入帶著外省口音的年輕人，其實已經不知不覺成為員林風景的一部分，她們說著國語還價，小販招呼著台語回應，都明白對方的意思，一點不影響交易的進行，小鎮還因為這群師生添了不少盎然生氣。

徐沛然的目光被這幾個年輕的女孩所吸引，尤其是那個穿白襯衫的，燈光下散發溫柔嫵媚，他從不知道白襯衫也可以穿得這麼有風格，她眉睫透露淡淡的不想傾訴的心事，更顯出少女特有的委婉韻致。

她們完全沒有留意到有人正注意著他們，買了烤番薯，池月說：「我們得快點跑回去了，再過二十分鐘，宿舍就要關門了。」寄嵐聽了，驚呼一聲，將報紙包裹著的烤番薯放在書包裡保溫，立即邁開步子奔跑，嘴裡一邊喊著：「快點，又得看老巫婆臉色。」老巫婆是她們背地裡替舍監取的綽號，說起來她的年紀足可以當這群學生的母親，卻對她們沒有一點和藹的臉色，慈祥的情懷。

果然一路奔跑，她們全都跑得上氣不接下氣，遠遠地可以看見舍監正拎著一串鑰匙在宿舍門口左右踱步，只等牆上的掛鐘一指到學校規定的宿舍門禁時間，立刻鎖門。彷彿能把幾個來不及跑進門的學生鎖到門外，是她最大的成就，不，樂趣，她簡直以此為樂。

寄嵐說：「她恨我們，因為嫉妒我們年輕，她再不可能擁有了。」

歲月確實是如此，一旦過去，就不可能重來。多年後，語燕她們終於明白，他們的青春歲月即使貧乏困窘，卻也充沛富足。只是人生往往要等到你已經失去，才明白青春是世界上最值得珍惜的東西。

綠楊芳草長亭路，年少拋人容易去。

青春，每個人都只能擁有一次。

徐沛然在員林住了下來，這原是台灣南部一座純樸的小鎮，近郊生長著水稻果樹，一派寧靜平和，員林實中的校長得知徐沛然租了房子，計畫在員林住上一段時間，便邀請徐沛然到學校指導文學寫作社團。只是六月底，學校就要放暑假了，得等九月開學再正式上任。

暑假，語燕回到基隆，她終於還是去看了眉臻學姊，去的那一日，溫度高太陽烈，她換了兩趟車，到達眉臻學姊家時，熱得滿身大汗，一張臉紅撲撲的。按下門鈴時，她心裡暗想，希望眉臻學姊家的冰箱有冰棒，一定要多吃幾支，好好消消暑氣。果然她沒猜錯，眉臻學姊記得語燕愛吃冰棒，冰箱冷凍庫裡放著剛買來的紅豆冰棒。那時節所謂冰箱，其實不是插了電製冷，而是依靠一大塊冰磚保溫，冰磚每日有人送來，月底結帳。然而，當語燕看到來開門的眉臻時，她滿身熱氣已經消了大半，眉臻又瘦又蒼白，臉龐憔悴得很，完全不是昔日的嬌俏模樣。

眉臻見到語燕顯得很高興，拉著她的手進到屋裡，嘴上殷勤地說：「熱壞了吧。」一邊從冰箱裡取出紅豆冰棒，把語燕當成小孩子似的，說：「吃完了再拿，不然天氣熱，一下就化了。」

語燕接過冰棒，心裡一動，覺得眉臻的美貌也像暑天裡的冰一般，一會兒就化了，消失了。她怔怔地問：「眉臻姊，你怎麼了？是不是身體不舒服？」

眉臻眉頭微微一蹙，大眼睛霎時滿溢淚水，她忍著，沒讓淚掉下，說：「先別說我，告訴我，你好嗎？學校裡的老師同學都好嗎？你去員林這兩年，一次也沒來看過我。」

語燕突然難受起來，看到眉臻學姊這麼憔悴，想來過得不好，是婚姻不幸福嗎？她應該早點來看她的，離開家的這一路，她一直很照顧語燕。剛到廣州時，為了讓語燕能吃上麵包，眉臻姊吃了幾個星期的白飯。語燕懊悔起來，就算眉臻沒能堅持專情不移，她也不該疏遠眉臻。

有些愛情不能繼續，不是因為個人因素，擺在巨大的時代裡，一人之力是無法與之對抗的，就是學長知道了眉臻姊的決定，說不定也不忍責怪她。

語燕說起了學校的瑣事，胡亂地拼湊的，想到哪兒說到哪兒，語燕自己說得不專心，眉臻姊倒是聽得興味盎然。語燕突然發現，去年暑假她和安雪抱怨學校找她麻煩的老師和同學時，是發洩委屈，今天則更多是為了排解眉臻姊的鬱鬱寡歡。

眉臻說：「記得我和你說的，學校裡的生活最值得珍惜，雖然是清苦了些，舍監不通人情，老師不見得盡如人意，同學們在一起卻是最單純的。」

語燕決定不再為了眉臻姊結婚的事不開心，於是故意將語調放軟，甜甜地問著：「姊夫呢？不在家啊。」

「是啊，他不在。」眉臻說，臉上淡淡的，看不出開不開心，卻讓語燕隱約覺得她不想提起自己的丈夫。

「中午吃水餃好嗎？你會包吧，我擀皮，你來幫忙包，好不好？」眉臻很快掩飾了自己的情緒，熱情地招呼語燕。

語燕本來就不認識眉臻姊的丈夫，主動提起也不是出於關心，不過是表示友善，話題終止對她完全無所謂。要包餃子，語燕去洗手間洗了手，但是她還是細心地留意到了，眉臻姊家的洗手間裡完全看不到男人的東西，沒有刮鬍刀，甚至漱口杯裡也只有一支牙刷。

難道她的丈夫不在家已經一段時間了，而且這個所謂的「不在家」還會繼續？

語燕沒問，她幫著眉臻姊包水餃，餃子餡是韭菜雞蛋拌蝦米粉絲，以前語燕說過喜歡吃，眉臻還細心地記著。語燕高高興興吃了許多，像以前一樣，走的時候眉臻又挑了好些零食讓她帶著，眉臻囑咐語燕，放假沒事到她這兒玩，她平日上班，星期天總是不出門的，歡迎她來。

心結消失了，暑假結束前，她又到眉臻姊家玩了一次，眉臻聽說語燕就要回員林了，更是忙忙地裝了一箱的花生糖、牛奶糖、五香豆干、橄欖讓她帶回學校吃，眉臻在櫃子裡翻，直到語燕嚷：「別再裝了，再裝我拿不了了。」眉臻這才住手。

九月，學校開學了，文學寫作社團第一次活動，胡老師便將新來的指導作家徐沛然介紹給大家，語燕和寄嵐都是文學寫作社的社員，池月和晴蕤參加的是繪畫社。語燕在報上讀過徐沛然的詩，她從沒想過一個真正的詩人會站在自己眼前，心裡升起一絲崇拜之意。

徐沛然和大家簡單地做了自我介紹，教學樓的走廊有步履輕巧的穿堂風，但教室裡人多還是有些悶熱，他從口袋掏出手帕拭去額頭的汗，一眼在中排位置瞧見了寄嵐和語燕，放暑假前在電影院門口見過的女孩，真巧，她們剛好是寫作社的社員。徐沛然說了些寫作時可以運用的技巧，修辭的方式，便讓大家現場習作，只寫一段文字，描寫窗外的一棵白千層，語燕便將自己以前對於這一種灰白色樹皮不斷層層剝落，又層層生長的樹木的觀察寫了下來。她形容白千層就像年輕女孩的心事，層層疊疊，隨著成長，不斷剝落，又不斷生出。樹梢的花有如一把柔軟的小毛刷，風一吹，就輕輕拂拭著天空，把女孩的心事掃乾淨。

那一天傍晚，徐沛然將學生的習作帶回住處，還沒到秋分，島嶼的南部白日依然悠長，更何況員林距離太陽光直射地球最北端的北回歸線不遠，進到室內連燈都不需要開，就著窗外夕陽，徐沛然首先找出語燕的作業。他收作業的時候特別留意了她的字跡，記在心裡，原來她叫沈語燕，是三年級的學生，寫的也有趣，清新有情致。他想起了初見時的印象，這個外表清秀美麗的沈語燕，果然擁有一顆細膩多感的心。

社團習作發了回來，徐沛然在語燕的作品上密密圈點，還寫了好多評語，寄嵐看了又有意見了，故意嘲諷地說：「大作家，你才華高，胡老師欣賞你，連新來的大詩人對你也另眼相待，待在我們這兒，真是委屈你了。」

語燕知道寄嵐就是這麼個個性，好勝心特別強，便不理會，自顧自地走出宿舍，正好遇到雯荔，語燕拉著雯荔，說：「我記得你愛吃橄欖，你等我一下，我那裡有一包橄欖。」語燕拿出眉臻姊給她帶的橄欖，請雯荔吃。

「怎麼？零用錢增加了啊？」雯茘拿了一顆橄欖放進嘴裡，隨口問。

「誰給我加零用錢啊？」語燕語調輕快地說：「暑假我去看眉臻學姊，你記得她吧，她給我帶的。」

「眉臻姊，你和她很好嗎？她的事你知道嗎？」雯茘低聲問，態度顯得有些神祕。

「她一直對我很照顧，但是我到員林讀書之後，這個暑假是第一次去看她。」語燕誠實地講，只是省略自己原本因為眉臻姊嫁給了別人而生出心結的這一段。

「她結婚了，你知道嗎？」

「知道，但是沒看過她丈夫。」語燕說完，突然想起來，她不但沒看過眉臻丈夫本人，連照片也沒見過，許多人家裡掛著結婚照，眉臻姊結婚才不過兩年，照理也應該會掛著結婚照啊，但語燕印象裡似乎並沒有看到。

「我聽說她丈夫回那邊去了。」雯茘聲音壓得更低了。

「回哪邊？」語燕聽不明白。

「大陸啊。」

「什麼？怎麼回事？」

「我也不清楚，聽說眉臻姊結婚才一年，丈夫就因為工作派到外地去了。但一直不見回來，後來有人說，恐怕是從香港輾轉進入大陸，人還在不在，都很難說。」

「你的意思是說，他可能已經……」語燕沒再往下說，雯荔早把手指橫在雙唇間，示意語燕保持沉默，語燕又想起了廣州鬧市街區隱密的三樓，還有眉臻當年是怎麼從廣州回到青島，然後又從青島來到台灣？這些是不是都和別人口中所說的「組織」有關，難道她的丈夫真的已經不在了？語燕難過起來，雖然她曾經固執地不喜歡這個介入眉臻和蒙樂學長間的男人，但雯荔聽說的猜測如果屬實，眉臻的命運太不幸了，二十幾歲的女人，離鄉背井，沒了家人，與初戀生別離，如今新婚的丈夫又生死未卜，下落不明。

「既然他要到『那邊』執行任務，明知道有危險，為什麼還要和眉臻姊結婚？這不是辜負眉臻姊嗎？」語燕抱怨道。

雯荔扯了語燕一把，低聲說：「也許是為了隱藏身分或移轉注意，有些事我們不知道，就是聽到了可能也不懂。」

這樣的遭遇，卻不能說，也不能問，在那樣一個年代裡。語燕想起當她問道姊夫在不在家時，眉臻姊故作淡漠的神情，她只能這樣，不然情緒就要崩潰了吧。語燕想，心疼起眉臻姊的堅強。

島嶼南方，秋陽和煦，徐沛然指導社團，不是正式任教，每週只上一次課，多數的時間還是用於創作，寫稿寫得累了，就往附近山裡走走。員林虎蹄坡有日本人留下的神社，清朝時山上已形成聚落，湖水坑、水源地、待人坑都是墾拓移民聚居之處。

徐沛然走上虎蹄坡，山裡有幾座用夾泥竹編混合磚石建造的屋舍，還有許多果園，林間可以看到烘龍眼用的焙灶與焙床，空氣中瀰漫著水果的甜香，原來員林是台灣歷史悠久的水果種植與加工產業匯集的聚落，蜜餞產業繁盛，有「員林鹹酸甜」之稱。徐沛然想起來台灣前，在廣州買了一盒桂圓寄回北方家裡給奶奶，桂圓有補血安神之效，適合老人家烹煮銀耳羹。製作桂圓的龍眼和荔枝一樣，盛產嶺南，北方罕見，在物流不暢達的年頭，屬珍貴食材。奶奶收到後在信中寫道：「物離鄉貴，人離鄉賤。」意思是要他回家，他卻還是來了台灣，不知道老家的親人如今是否安好？陽光燦麗的午後，山間鬱鬱蓊蓊的碧綠蒼翠，徐沛然每每思及，仍不免憂心。

路邊有小販招呼徐沛然買蜜餞，徐沛然挑了脆青梅，攤子上另有醃梅，台灣人受日本人影響用醃梅配飯，他還是吃不慣。

徐沛然不知道，他才剛來這座小鎮，每週一次的社團活動，不知不覺中已經成為語燕生活中的期待。語燕本來就不喜歡數理課，地理她總弄不清位置，歷史弄不清年代，比較感興趣的應該就是國文，偏偏最近講到孟子，大片大片的孟子云，統統都得背，好不容易挨過了子曰，沒想到背完了孔子，還有孟子。就像寄嵐說的：「更讓人難以忍受的是孟子的話比孔子還要長，而且孟子還沒背下來，之前背的孔子倒已經忘得差不多了。」

社團活動不一樣，徐沛然挑的文學作品，語燕都很喜歡，上個星期徐沛然讀了一篇張秀亞的散文，風格清新優美，很適合女學生的閱讀口味。徐沛然見語燕喜歡文學，特別高興，熱心地提議借書給她，書籍一借一還，自然增加了兩個人接觸的機會。

有一天，語燕在校園裡遇到徐沛然，徐沛然說：「寒假我要回台北了。」

「徐老師下個學期還來吧。」

「不來了，我指導文學寫作社只是兼職，當初就約定是一個學期。」

徐沛然說，心裡突然有些捨不得，這是他來之前完全沒有想到的。

「太可惜了。」語燕低聲說。

徐沛然聽到了，覺得自己受到了鼓勵，他雖然已經是小有名氣的詩人，在這個文藝少女面前本應該是很有自信的，但因為異性愛慕情緒的驅使，使得他不知不覺忐忑起來。

「我把我的地址寫給你，如果你有寫作的問題願意和我討論的話，可以寫信給我。」徐沛然說著，在筆記本上寫下自己的地址，遞給語燕。

「好的，謝謝徐老師。」

「明年你就畢業了，如果實習分發在台北，你來找我，我請你吃飯。」

10

語燕畢業後，沒能分發到台北，分發到了草屯，但這完全沒有影響徐沛然請語燕吃飯的承諾，有空時，他總是不辭勞苦從台北坐火車南下看語燕。經過一個學期的魚雁往返，語燕已經感覺到了徐沛然的情意，語燕不禁有些困惑，以前魏老師和丁忠敏對自己有好感，她都渾然不覺，但是徐沛然對自己的好感，她卻很快就意會到了，只是出於女性的矜持，一開始佯裝不覺。

畢業後，他們正式開始約會，徐沛然的風趣幽默吸引著語燕，他的博學多聞更讓語燕喜歡和他消磨時光，兩人一起看電影逛公園吃小館都特別有意思，唯一讓語燕覺得煩惱的是，草屯距離台北畢竟太遠。

還好書袖在台中，和何醫師在同一所醫院，語燕閒時去看她，為了省公車錢，書袖將腳踏車借給語燕，書袖說反正她住宿舍，走到醫院只要十分鐘，就這樣語燕沒事時踩著腳踏車從草屯橫過市區，到城北邊找書袖說說話。沒多久，書袖和何醫師結婚了，還住宿舍，兩個人從單身宿舍搬到兩房一廳的家庭宿舍，有自己的廚房和浴室，沒錢買新家具，就將婚前的兩張舊單人床拼在一處。

語燕和沛然一起去祝賀書袖新婚和喬遷，算是雙喜，看見書袖和何醫師兩張合併著的床上，卻鋪著一張單人蓆子，於是決定買張雙人大甲蓆當賀禮，這幾乎花掉沛然口袋裡所有的錢，書袖鋪上新蓆子，說：「那這張舊的呢？」

語燕說：「我拿去吧。」

書袖這才明白，原來語燕自己連張蓆子都沒有，卻省下錢為她添置新婚禮物。她默默捲起那張舊的單人蓆，想找張紙包一下，語燕說：「找根繩子綁住，不會散就行。」

書袖一邊綁，嘴上一邊說：「不會，綁得牢牢的，不會散的！」

民國四十八年夏天，艾倫颱風過境台灣，旺盛的西南氣流引起暴雨，八月七日至九日連續三日台灣中南部的降雨量達八百至一千兩百公釐，特別是八月七日當天的降雨量就高達五百至一千公釐，接近平均全年降雨量。地面積水難以消退，山間洶湧而下的雨水又夾帶了大量的泥沙，導致河川水位高漲決堤，造成空前的大水災。八七水災範圍廣及十三個縣市，其中以苗栗縣、台中縣、南投縣、彰化縣、雲林縣、嘉義縣及台中市受災最為嚴重，六百多人死亡，近千人失蹤。

語燕分發到草屯教書已經兩年，剛剛安頓好的家，霎時間全毀了。說是家，其實裡邊也沒什麼家具，就一張床，一張桌子，連衣櫃都沒有。不過，她也不覺得不方便，因為總共沒幾件換洗的衣服，不過是這件洗了晾在院子裡，另一件穿在身上，其餘的不是當季的便收在樟木箱裡。那一隻樟木箱還是當年從家裡帶出來的，再有多的衣物，其實也沒有幾件，門後釘上幾個釘子，便全掛在那了，似乎也不需要衣櫃。

但是，水災時泥水漫進了屋裡，床單枕頭被褥都給浸透了，好不容易等水退了，語燕簡直不知道該如何處理。房東叫了小兒子文成來幫語燕收拾，才念國小六年級的男孩，身量還沒長全，說話仍是稚嫩的童音，但是身手卻很俐落，一會功夫已經將四坪大的小屋內的泥沙全清了出來。文成也是語燕學校裡的學生，不過語燕沒教過他，語燕教的是低年級，而他初入學時，語燕還沒來到這一所學校。

文成用水桶提來清水，沖洗著屋內的水泥地，語燕擰了抹布擦拭床架、桌子，和唯一的一張椅子。語燕只有這一張椅子，她捨不得再多買一張，覺得也用不著，平常沒什麼人會來她這屋裡，來的也只有美慧和淑蘭。她們都是語燕學校裡的同事，年紀只比語燕大了兩三歲，但是總像姊姊一樣照顧語燕，尤其是美慧，可能因為只有她是結了婚的，更覺得自己有責任幫助這個從遠處來的年輕女老師。

語燕初到草屯時，完全不會說閩南語，學校推行國語，這原也不是問題，但是，一離了學校，附近的人全說閩南語，語燕簡直沒法和人交流。學校即將開學，語燕首先得租個房子安頓下來，但人一見她是個外省仔，沒人願意租房子給她。

二二八事件在那個年代沒人敢提，但是記憶仍新，當地的閩南人認為，租房子給外省仔是可能替自己招來麻煩的。語燕弄不清楚這些曲折的顧忌，民國三十六年發生的二二八事件，當時她還在山東讀小學，並且完全不知道十二年後她會來到這一座小島，成為一名小學老師。她不明白為什麼沒有人肯租房子給她，她有正當職業啊，她急得不得了，在草屯她不認識任何人，根本沒有落腳處，行李只能放在學校辦公室，她卻不能住在學校辦公室啊。

這時候，才剛剛認識語燕的美慧牽起語燕的手，帶她去找房子。美慧是當地人，已經在學校教了四年書，她會說閩南語，而且幾乎大家都認識她，一口一聲老師地喊著。美慧找著了房東，親自為語燕做保，房東才勉為其難把房子租給她，語燕也才有了落腳處。

兩年下來，雖然語燕還是不會說閩南語，但是有文成居中翻譯，語燕又從不拖欠房租，來往的人也單純，房東逐漸放下了心，相信美慧老師說的，沈老師是好人。

房東一家老實善良，心裡也同情語燕孤身在外，便時常主動照顧。好比這一回颱風，房東先生就冒著風雨來看過語燕，保守的房東先生不敢逾越禮教，只在窗外確定語燕沒事，問她害不害怕，要不要去他們家裡，他們家人多。語燕雖然害怕，但不願意麻煩房東一家人，只好自己逞強撐著，水開始退了，房東便叫文成來幫忙。語燕想起一開始他們連房子都不願意租給她，如今卻這麼照顧她，平日有時還將田裡新採的小白菜或空心菜掛在她的門把上，心裡不禁感動起來，隻身異鄉的孤寂也淡了些許。

語燕曾經問過美慧，為什麼敢幫她作保，畢竟她和語燕也是初識。

「我一見到你，就知道你是好人，我的直覺挺準的，不管你信不信，也許這就是緣分吧。」美慧爽朗地說。

水退了，雨卻還沒停。語燕叫文成先回家，他已經幫她夠多了，剩下的她可以自己收拾。文成前腳才走，後腳就給她帶來了一個客人，文成在門外喊：「沈老師，有位先生找你。」

語燕探頭一看，是沛然，她突然鼻頭一酸，咬著牙，忍住不讓眼淚掉下來。沛然終於來了，前兩天風狂雨驟，她多希望沛然陪在自己身邊。

「我沒想到颱風會這麼大，要是想到了，我早就來草屯看你。等風雨大了，路上卻沒法走，只能等水退，路一通，我就連忙從台北往南趕。」沛然說。

「你看到了，其實也還好，文成都幫我收拾得差不多了。」語燕矜持了起來，她雖然喜歡時髦的打扮，但內心其實是很傳統的。

文成走了，沛然看四下無人，他拉起語燕的手，說：「語燕，我們結婚吧。颱風來的這兩天我一直在想，為什麼我沒有陪在你身邊，要是你一個人在這裡發生什麼意外，我真是……」

語燕抬起眼瞅著沛然，又低下了頭，雖然看到他這樣著急，心裡是快意的，但又覺得他說的這話有哪裡不太得體，犯著忌諱。

「來草屯的這一路我就想，我一見到你，就要你嫁給我，無論發生什麼事，我們都在一起。」

「你在台北，可我在草屯啊。」語燕說出了實際的顧慮，但她這一說，可給了沛然莫大的鼓勵，意思是說兩地相隔的問題如可解決，她願意嫁給他了。

「不要緊，我辭了工作來草屯，一定可以在這裡再找到工作的。」沛然早已想好，為了和心愛的女人相守，工作再找就是了。

「你來了住哪？我這裡這麼小。」

沛然從語燕剛剛擦乾淨的桌子上抽出一張紙，攤在桌上，隨手拿了一支筆，在紙上畫了起來，他先畫了一幢有著瓦簷的平房，說：「這就是我們將來的家。」接著又在紙的背面畫下了房子的平面圖，三房兩廳，沛然指著平面圖說：「這間稍微寬敞作我們的臥室，這間光線好作書房，還有一間雖然小些，但是將來給孩子用，也夠了。」

就這樣，語燕答應了沛然的求婚，後來沛然常常開玩笑說，自己靠一張手繪的圖，就騙來了一個老婆。等沛然真有能力買房子，已經是好幾年以後的事了，但這並不影響他們組織自己的家庭。

沛然和語燕一樣來自大陸，在這座島上過了十年孤苦無依的日子，一場大水，他們透徹地看見了自己的漂泊，於是決定相守，在異地組織起他們自己的家庭。從此在這一座陌生的島上，他們又將擁有家人，再也不是孤身一個，不會在除夕夜眼見別人回家團聚，而潸然淚下，就算只是租來的小屋，只要有人等著你回來，那就是家。

沛然幫著語燕清理好水災後的小屋，便回去台北打理南下生活的事宜，語燕也隨著沛然一起北上，學校還在放暑假，她想去看看雯荔，雯荔現在在永和教書，和媽媽、哥哥住在一起。

語燕告訴雯荔她和沛然就要結婚了，雯荔高興得不得了，雯荔就是這樣善良，總是從美好的角度去看待任何一個人。

「我原希望等回了家再結婚，不能讓我媽媽親眼看著我出嫁，總是覺得很遺憾，你就好了，媽媽一直在身邊。」語燕說。

「是啊，還要坐花轎，是不是？」雯荔故意調侃語燕。

「我和你說過啊？」語燕問，她小的時候特別喜歡花轎，附近有人結婚，別的孩子是去看新娘，她是去看花轎，花轎的彩繡，垂掛的穗子，她都愛得不得了。

當時，她就和媽媽說她想坐花轎，可是大人們都說，只有新娘才可以坐花轎，所以她得再等好些年，等到能嫁人的時候，才可以坐。怎麼知道？她還沒等到長大，就離開了家。

「這看起來回家恐怕不是三年五載能辦到的，你先結婚，到時候帶著小外孫回家不是也很好，就像那首歌唱的……」雯荔說著，就唱了起來：「背起了小娃娃呀，回嘛呀回娘家，娘家嘛遠在山呀嘛山腳下，又養雞呀，又養鴨呀，還把我撫養大呀，撫養到了十七八呀，姑娘就出嫁。」

語燕聽著，心酸了起來，不覺淌下眼淚，嘴上咕噥著：「我家可沒雞也沒鴨。」

「別傷心了，遇到了這樣的年代，將來有一天能帶著外孫回娘家就是幸運的了。」雯荔勸道。

語燕抹去了眼淚，聽雯荔這樣說，似乎是知道了什麼事，她等雯荔往下說。

「王老師瘋了。」雯荔壓低了聲音說，並不是怕家裡人聽到，家裡人都知道這事，而是潛意識裡始終覺得這事是隱晦的，甚至是忌諱談的。

「怎麼回事？」

「你大概不知道，王老師的兒子當初在澎湖給人打死了，那時候張敏之校長已經被抓起來關在台北，學校讓韓鳳儀接管，他們成立了專案小組，開始抓他們認為不聽話的師生，每天拿著所謂的自首單恐嚇師生，以調查匪諜為藉口，進到學生宿舍，翻箱倒櫃，還動手動腳。你也知道那時候匪諜是多大的罪名，一旦沾上了，洗都洗不清，大家都是從大陸來的，誰沒有認識一個半個共產黨，你的鄰居要做共產黨，你也管不了啊，但是匪諜這個罪名一按，可以槍斃的。」

雯荔頓了頓，似乎是思索著怎麼告訴語燕她聽來那些駭人的事：「王老師的兒子被押到廟裡，聽人說受了電刑，他們把電線纏在他的大拇指上，只要搖一下電話機，電立即到身上去了。他們要他承認自己是匪諜，供出張敏之是他的領導，他不承認，他們就把他倒吊起來打，打死了。」

「天哪。」語燕低呼，她嚇得不知道該說什麼，他們做這樣沒良心的事，竟然還敢在廟裡做？神明難道不給他們報應嗎？

「王老師傷心欲絕，但是什麼也不敢說，兒子是匪諜，他會沒有嫌疑？這事根本說不清，也沒法找人說道理，你要敢去討公道，只能賠上自己。」

「難道他就什麼也不做？」語燕很難想像，一個父親帶著兒子離開了家鄉，原本就是為了活命，為了能有個將來，不想兒子卻因此慘死，他怎麼受得了？早知道倒不如不要離開家鄉，悔恨非把他逼瘋不可。

「所以人也怪，他當時倒沒瘋，我聽說是去年，金門炮戰打完了，大家略感鬆一口氣的時候，過年前吧，他徹底瘋了。」

「現在呢？」

「給送到療養院去了。」

「雯荔，你想啊，人發瘋是一線之間，跨過去就瘋了，不跨過去就沒瘋，還是逐漸逐漸，一步一步地瘋了？」

「一步一步吧。」

「所以王老師不是突然瘋了，他的心智是漸漸失常，也許在他兒子被打死，而他還假裝沒事地繼續上課的時候，他就已經開始瘋了，只是直到這時，他才放棄了偽裝。」語燕說，她想起王老師，看起來斯斯文文的一個人，在餐廳吃飯，語燕總不見他和人說話，眼睛盯著碗裡單調貧乏的菜。

那時候語燕不知道王老師和他兒子的事，大家都晦測莫深，雖然是同學，也少有人提起當年在澎湖發生的事，語燕當時只是奇怪，這樣難吃的菜也能吸引人的目光？如今回想，失去兒子後，王老師吞嚥的每一口菜，每一口飯，都是冤屈，都是絕望啊。語燕彷彿又看見王老師把課本夾在腋下走過走廊，陽光有時照在他身上，有時被柱子遮住留下陰翳，安靜的步子，原來如許沉重，連自己的影子都要跟不上了，終於他再也沒法走下去。

語燕的新房就在草屯，雖然房子是租的，沛然拿出所有錢置辦家具，除了雙人床，還買了衣櫥和五斗櫃，衣櫥很小，約莫只有三尺寬，但是他們兩人沒幾件衣服，也夠了。

書袖來看語燕，羨慕地說：「你還有隻五斗櫃。」

五斗櫃有帶貴子之意，書袖剛懷孕，可能因此特別有感，有經驗的人說，肚子尖生男娃，肚子圓生女娃，書袖的肚子便是圓的，後來果然生下女娃。

語燕婚後，很快有了孩子，為了做好一個父親，提供家人穩定安逸的環境，沛然也成了教書匠，夫妻倆一個教小學，一個教中學，他們戲稱兩個人加在一起就是當時正在推行的九年義務教育政策。語燕在學校教的是一、二年級，開學後不久，她發現班上一個理著小平頭的小男生常常一臉迷茫，試探後才知道名叫周武雄的他完全聽不懂國語。語燕問他可否課後多留半小時，個別輔導他，周武雄搖頭，放了學他得回家幫忙，家裡種田，有做不完的農活，他是家裡老大。

語燕於是在家庭訪問時和周武雄的父母進行溝通，武雄的父親很願意兒子能多讀點書，種田太辛苦了，春寒料峭時赤著腳踩進冰冷的泥水裡彎腰插秧，一天下來，腰都直不起來了。武雄很聰明，也有心向學，學好了注音符號，語燕交代他有空多讀學校圖書室訂的國語日報，很快他就跟上了課程進度。

中秋節剛過，南方島嶼依然炎熱，語燕在校門口看見武雄，他雙手用力拍去腳上的沙土，然後取下掛在肩上的布鞋，小心翼翼地穿上，那雙鞋起碼大了兩個碼，應該是大人想小孩子正在長，鞋大些才能多穿些時候，既然盤算著要穿得長久，自然得愛惜著穿。語燕想起自己那雙留在了煙台老家的回力牌白布鞋，一次沒穿過，她更心疼眼前這懂事的孩子，武雄看見語燕，開心地說：「沈老師早。」

語燕微笑回答：「早！」她細心留意起武雄身上的制服並不是簇新的，開學才一個月，如果是入學時才訂購的制服，應該還很新，語燕猜想可能是親戚家的孩子穿過的，這制服將來應該還會留給弟弟穿。

民國四十幾年，台灣的經濟尚未蓬勃發展，即使只是小學生一套冬夏季制服，對某些家庭來說都是負擔，孩子多的自然是大的穿了小的穿，但這並不影響孩子成長，教育給他們的人生帶來了別種可能。

學期結束時，武雄的媽媽為了感謝語燕，送來自家的雞蛋，語燕推辭不了，只好收下。寒假開始，春節將屆，語燕趁著辦年貨去台中市中正路時，在中央書局買了一本有注音的安徒生童話送給武雄，語燕囑咐他：「除了自己看，還可以講故事給弟妹聽，等弟弟妹妹大些，教他們注音符號。」

武雄點頭，迫不及待翻開了書，就這樣一來一往，語燕的台語也稍有進益，不知不覺間進行家訪時順利了許多。

課餘時，沛然依然鍾情於寫作，台北的作家們南下，經常聚在沛然小小的客廳裡，原本不會做菜的語燕，硬是被打鴨子上架，和鄰居學著做了幾道菜。在物資並不富裕的年代，也算是勉強可以拿得出手，不外乎是紅燒魚、粉蒸肉、滷牛腱、蒜泥蒸茄子、麻婆豆腐、木須肉、芹菜腐竹一類的家常菜。逐漸地，語燕又跟人學會了和麵，包餃子、烙油餅、荷葉餅，餃子葷的素的，總能變化出七八種餡料。荷葉餅烙好，捲著合菜帶帽、韭菜銀芽、四季豆炒肉絲、水煮雞蛋拌大蒜，就成了道地北方風味，再配一碗川丸子黃瓜湯，雖然談不上精緻，卻也能撫慰思鄉之情。

老大三歲的時候，語燕又懷了老二，一天她去醫院產檢，結束後她想著去銀行開一個帳戶，一方面是想該為孩子存點錢；另一方面，在此之前，他們夫妻根本沒有餘錢可供儲蓄，沒有寅吃卯糧就算是懂得盤算計較的了。連結婚時添了一張床一隻衣櫃，都是和同事借了錢添補著才買下的，婚後頭一年省吃儉用還了借的錢，第二年有了孩子，每個月都僅夠開銷。自從知道懷了老二，沛然又兼了四堂課，兩人計算著將這一點錢存起來，好備不時之需。

銀行的人不多，語燕拿出證件在櫃檯辦理開戶的手續，櫃檯後的行員蓋章時，她一下子看見了一個熟悉的名字：王月霞。語燕忍不住打量眼前的女人，和自己年齡相仿，戴著一副眼鏡，身材嬌小，就是她吧，就是語燕知道的那個王月霞吧。

王在台灣是大姓，月霞這個名字也談不上特別，但她直覺這就是她知道的王月霞。語燕默默注視著她，王月霞胖了一些，應該也有孩子了，果然，這時來了一個年紀稍長的女人，遞了一包東西給王月霞，說是故事書，想來王月霞的孩子比語燕的略大一些，已經能讀故事書了。語燕躊躇著，如果她主動和王月霞提起端午節那一枚寫了祝福的水煮蛋，她未必記得，而語燕卻念念不忘，是不是反而惹人生疑？

猶豫間，開戶的手續已經辦好了，王月霞將存摺遞給她，語燕呐呐地說：謝謝，就轉身走了。她終於還是沒有多說什麼，後面有人正排隊，原本銀行人不多時，她沒有開口，這一會倒有人等著辦事，更不適合說了。

語燕在銀行門口不遠處等回家的公車，心裡一徑在想，就算她主動問她是不是彰化女中的王月霞？讀高中時是不是送過員林實中的學生一枚寫了祝福的彩蛋？語燕若是能確定真的就是她，那麼然後呢？和她說聲謝謝？還是請她吃個飯，聊表一點謝意，當年她曾經給予異鄉遊子的一點祝福心意。

語燕並不知道自己想要做什麼？為什麼她一直記得這件事？語燕懷疑整個員林實中可能只有她記住了蛋上的簽名，別人只是吃掉了蛋，蛋殼一扔，就整個仍在腦後了。不過是一枚蛋，她卻記了十幾年，她並且知道自己還會一直記下去，她曾經羨慕王月霞，因為她是那個可以付出，可以與人分享的人；因為她是那個在這裡有家，不需要和家人分離的人。

但是即便如此，她的念念不忘，耿耿於懷，恐怕還是會讓人不解與起疑啊。讓語燕難以承受少小離家的酸楚，王月霞這一生可能從來不曾想過。

下午，語燕在廚房洗菜揀菜，今天是五月四日，沛然去台北了，他們婚後，每一年的五月四日沛然總是會去台北參加文藝協會的大會，吃過午飯，坐火車回台中，到家大概要七點了。

語燕準備著晚餐，心裡想，要不是沛然今天不在家，她大概一回家就迫不及待地告訴沛然剛才在銀行見到王月霞的事。這一會兒，她回到家已經半天了，倒慶幸起沛然不在家，她沒有機會和他說，現下想想，原也沒什麼好說的，連她自己都不知道心裡是怎麼想的？

七點多，語燕正掛念著菜要涼了，雖然五月的台中已經進入初夏，但是語燕等人時性子急，不到七點就做好了菜，眼看著擺在桌上都超過半小時了。語燕伸手摸了摸盤子，還有些餘溫，她思度著，如果沛然再不回來，是不是該把菜熱一下？

門外有掏鑰匙的聲音，沛然回來了。

見桌子上的菜，沛然說：「還是家裡好，我吃不慣外面的菜，總覺得吃不飽。」他在飯桌前坐下，桌上有語燕泡好的茶，沛然最喜歡喝台北衡陽路全祥茶莊的香片，茶葉罐子裡只剩一點，語燕想，今天沛然從台北回來應該會買上半斤香片，沛然喝了一大口熱茶，這才覺得舒服了些。沛然的脾胃特別戀家，照道理開完文藝界大會，和老朋友一起吃中山堂對面的山西館，也是家鄉味啊，他卻還是喜歡家裡的家常口味，連茶也喝著滋味不同，就是覺著舒坦。

沛然說：「你吃了沒？」

「等你一起吃啊。」

「我回來得晚，不是叫你別等我，你和兒子一起先吃嗎？」沛然心疼老婆，怕語燕餓著肚子等他。

「我張羅完兒子晚飯，想不如等你一起吃。湯有點涼了，我去熱熱。」

「不急，我有樣東西給你。」沛然說著，從口袋裡掏出一枚粉紅色的小盒子，裡面是一枚戒指，K金的戒臺上鑲著一枚玫瑰紅透明的寶石，究竟是什麼寶石，沛然聽完銀樓老闆介紹也忘了。

他們的結婚週年紀念日是五月五日，所以每一年沛然參加完五四文藝大會，就會在衡陽路的銀樓為語燕挑一件首飾作為禮物，反正平日的稿費總有哪個報社的編輯朋友懶怠寄，想著文藝節大會見著沛然親手交給他就是，所以正好給語燕買禮物。

語燕打開看了，她正喜歡這顏色，特別喜慶，她戴在手上，將手伸直了，細細打量著，又湊近眼前看寶石的光澤。

「媽媽，那是什麼？」兒子品松也好奇地湊了上來。

「那是戒指。」沛然邊吃邊說，他早就餓了。

「戒指？我也要戒指。」品松稚嫩的聲音嚷著，似乎覺得自己委屈受冷落了。

「戒指是女人戴的，我們是男人，大老爺們，不戴那個。」

小品松有些發愣，明明想要，但又知道自己不是女孩，一時不知如何收場。

「等你長大了，娶了太太，也要買給你太太。」語燕輕輕揉了揉兒子的頭，兒子又笑了，覺著自己沒有被排除在外，只要等到他長大。雖然他還不明白什麼是太太，但聽大人說，似乎長大了就會有。

沛然大口大口吃著饅頭，語燕收好戒指，端起桌上的海帶黃豆芽湯進廚房熱，瓦斯爐一開，小小的廚房馬上升溫，一會湯就熱滾了。

「星期六下午，爸爸帶你去豐中戲院看電影，看完電影再去清真館吃牛肉餡餅，好不好啊？」沛然對兒子說。

品松歡呼著，聽到牛肉餡餅，早將戒指的事拋到腦後了。

六十燭光暈黃的燈泡下，語燕想，這就是家吧。自己的孩子在這裡出生，將來台中就是他的故鄉，他沒有煙台沒有青島的記憶，而是台中這一個溫暖的小城。她想，他會考上台中一中，穿著卡其布制服，帶著大盤帽去上學。他會在這裡長大，她輕輕撫摸著肚子，還有肚子裡的這個孩子，她將會帶著他們去自由路雙美堂吃霜淇淋，市府路欣欣餐廳吃江浙菜，遠東百貨鑽石樓飲茶，去日月潭乘遊艇登上光華島，台中公園湖心亭看鴿子……

她突然明白，這麼多年自己為什麼一直記著王月霞，是因為她擁有語燕想要卻沒有的，如今，她也有了。

過年時，帶著孩子去中山路的小弟妹鞋店買皮鞋，再去中正路的燕燕百貨買新衣，家裡先就灌好了香腸，滷鍋裡滷著牛腱、豬舌、豆乾和海帶，還要將紅、白蘿蔔、芹菜、炸豆皮、蘑菇、竹筍切成丁，加入花生、毛豆一起熱油拌炒，備上熱吃涼吃均可的八寶菜，除夕時包起韭菜水餃，在鞭炮聲中放入滾水裡，一家人開心吃著。初二再專程去第二市場買一盒新鮮水果，帶著孩子去看叔祖父和堂姑，雖然市場離家不算近，但店家口碑好，老台中人管它叫新富町市場，是日據時期留下的，魚蝦水果都特別新鮮，回娘家備禮自然是馬虎不得。

這樣的忙碌張羅，費心添置，異鄉生活終於漸漸構築出家的溫馨與重量。

四季流轉，學校教室廊簷下的燕巢，年年都有剛孵出的小燕子一片吵嚷，爭相張開黃口等待餵食，轉眼間雛燕已能噗哧著雙翅意欲學飛。偶爾語燕會抬頭怔怔望著，想起煙台老家廚房裡燒著柴火的大灶，院子裡爺爺種的芍藥花、菊花，他們被趕出了老家，但是沈家老宅還在吧，屋簷下的燕巢，還有燕子返回嗎？

如今語燕的兩個孩子都上了小學，沛然轉到台中一中任教，學校也分配了宿舍，兩層樓的小房，一樓是客廳、餐廳、廚房和浴室，二樓有兩間房，一間他們夫婦住，另一間隔成兩間，外間給大兒子品松，裡間則是小女兒品荷住。單人床之外，勉強擺張小書桌做功課，雖然稍嫌逼仄，掛上語燕布店裁來有著活潑圖案的花布，自己縫製成鮮豔的窗簾，倒也推擴出盎然的生活興味。

九月，學校剛開學，沛然下了課照例要開學期初的教學會議，語燕洗好了菜，只等下鍋，孩子則記掛著一會兒爸爸開完會帶回來采芝齋的點心盒。紙盒裡通常會有沙其馬、椒鹽酥餅、豆沙酥餅、海綿蛋糕，沙其馬和海綿蛋糕都屬於價格實惠卻又體積大的點心，在學校有限的預算中可以將點心盒填滿，卻也正合孩子的口味。教師的薪資不高，應付柴米油鹽，孩子日常所需，采芝齋的點心一般也就是中秋春節會買，孩子還不懂得爸爸開會辛苦，只等著爸爸到家接過點心盒時的滿懷歡欣。

六點一刻，語燕聽見沛然的腳踏車煞車聲，但似乎還有另一輛腳踏車，是帶同事回來吃飯嗎？一邊在鍋裡倒了油，沛然的聲音已經響起：「你看我帶誰回來了？」

語燕將蔥蒜放入鍋中爆香，一邊趁空盛出滷豆腐，端上桌時，眼前立著一個大男孩，喊著：「沈老師，是我，武雄啦。」

「你看，巧不巧？武雄在我班上，那時才剛上小學，現在都高二了。」沛然說。

「長這麼高了，街上遇到我都認不出了。」

一會兒功夫，語燕已經端上四菜一湯，這是多年經驗累積出的成果。沛然招呼武雄坐：

「別客氣啊，我們夫妻教過同一個學生，也算是難得的緣分啊。」

「我將來也要當老師，師大是我的第一志願，公費讀書不給家裡添負擔，畢業後還能照顧弟妹，像您們一樣投身教育。」武雄說得十分誠懇。

語燕一時有些激動，眼眶都熱了，高興地說：「沒什麼菜，你多吃點，今天的藕片不錯，很新鮮。我還蒸了菱角，待會兒帶點回去給弟弟妹妹吃。」

市場裡看到菱角，語燕總想起離家的一路，西湖邊上剝開脆甜的青菱放入口中，台灣多是狀如蝙蝠的烏色兩角菱，青菱水嫩，烏菱粉糯，各有滋味。

經過歲月的澆灌墾犁，異鄉漸漸變成了故鄉，語燕依然想家，第一個孩子出生前，她尤其想媽媽想得厲害。但是，如今她也是媽媽了，哺育著自己的孩子，而她孩子的家鄉，也將成為她的家鄉。

11

民國七十六年十月十五日，台灣宣布開放台灣居民到大陸探親。十月十六日，大陸國務院辦公廳公布了《關於台灣同胞來祖國大陸探親旅遊接待辦法的通知》。兩岸終於打破了民國三十八年以來，將近四十年的隔絕。

王曉東迫不及待地辦了退休，開放探親初期還有許多限制，有公職的人是不能前往大陸的。王曉東原是小學老師，也算公職，不能返鄉探親，王曉東盼了三十多年，天天盼著回去，他打聽過，他的爹娘都還在，他是一定要回去。他算了算到明年夏天，他就教了三十年的書，可以申請退休了，他立刻提出了申請。校長特別找了他去談話，先是贊許王老師認真負責，又說：「王老師才五十出頭，正值壯年，還可以為教育界服務，現在就退休，未免可惜。」

「我再不退休，怕會來不及。」王曉東說。

校長凝視著他，王曉東沒有解釋是什麼來不及，校長也沒有問。剛剛開放探親，大家都不知道接下來政策會怎麼走？會不會有一天因為王曉東曾經回大陸探親，結果領不到退休金，誰也不知道，曾經發生的白色恐怖大家記憶猶新，匪諜的罪名一按，真是跳進台灣海峽也洗不清。不，就是要跳海，還不能往台灣海峽跳，台灣海峽的對岸就是大陸，往這跳嫌疑更大了，要跳，也只能跳太平洋啊。會不會將來風向一轉，去大陸探親成了通匪，又會不會回到大陸後，當年的種種又被拿出來論罪，王曉東統統沒把握。

校長年齡和王曉東相仿，王曉東的心情與顧慮他都明白，他估摸著王曉東是想回大陸，所以急著辦退休，他也猜到了王曉東心裡的打算，便也沒把話說破，只說：「如果您堅持，我也不能強留，但希望您是慎重考慮過的。」

王曉東點點頭，說：「我都想好了。」

余光中的詩不是這麼寫的嗎？「鄉愁是一灣淺淺的海峽／我在這頭／大陸在那頭」如今可以去到海峽的那頭了，他可不能再讓事情演變成「鄉愁是一方矮矮的墳墓／我在外頭／母親在裡頭」。

台灣海峽的寬度不過一百七十公里，一邊是大陸，一邊是台灣，並不寬闊的海峽，對於民國三十八年離家的人來說，卻曾經是天塹般難以逾越。這一條回家的路，他們走得實在太久了。

農曆年前，怡晨來看語燕。不等語燕倒茶，怡晨忙拉著語燕坐下。

「你知道王曉東六月要回山東嗎？」怡晨問。

「不知道，有同學已經回去過了嗎？」語燕問。

「聽說丁忠敏回去過，他老家在山東文登附近鄉下，他說青島市還勉強可以，鄉下的生活還是苦，他家裡別說浴室了，連抽水馬桶都沒有，還是糞坑，一不小心掉下去都可能。」怡晨說，她和范達齊結婚後，夫妻倆既是同鄉又是同學，和其他同學的往來也就特別密切。

「王曉東退休了嗎？」

「為了回家，他提前辦了退休。」

「他爸媽還在？」

「是啊，所以他著急回去，說不能等。」

「真是好福氣。」語燕羨慕地說，她多希望能再見見母親，母親若還活著，也才七十歲，並不太老，但卻也已經走了好多年。如果母親還在，語燕恐怕也不顧一切張羅著回去吧。

「王曉東老家在威海，離黃泥島近，范達齊沒退休，我們沒法回去，你也知道，我們孩子還小，不像王曉東瀟灑。范達齊的老娘也還在，他當然也想回去，我爹媽是不在了，晚幾年回去也不要緊，但是范達齊急啊，如果不是我們雯雯還在讀小學，我也叫他提前辦退休。」

怡晨有四個女兒，就是沒有兒子，這也是她和范達齊的遺憾。雖然每個女兒和范達齊的感情都好得不得了。不是有人說女兒是爸爸前世的情人，緣分未了，便又尋了來，所以同學常拿這和范達齊開玩笑，他前世可風流了，一下來了四個情人。

玩笑歸玩笑，感情好也是確真價實，看在沒有女兒的男同學眼裡，真是又羨慕又嫉妒。但范達齊總覺得當年歷經辛苦逃出來，就擔負著為家族開枝散葉的責任，尤其文革鬧得正兇的那會，他不知道弟弟怎麼樣了，更覺得有了兒子，將來回家也好給爸媽一個交代。

原本生到第三個，怡晨說絕對不再生了，為了照顧孩子，她早早辭了工作留在家裡當家庭主婦，只靠范達齊一份薪水，再生，孩子念書也成問題，她堅持，女兒都得讀大學。沒想到，怡晨的小三已經上小學了，老大都上國中了，她又意外懷孕，留還是不留，怡晨十分苦惱，朋友們知道了，紛紛勸她，有了就生吧，說不定這個就是男孩。

經過十月懷胎，呱呱墜地的又是個千金，書盈到醫院看怡晨時說：「沒辦法，人家不說女兒是爸爸前世的情人，范達齊前世的情人實在太多了，這輩子全找來了。」

怡晨繼續說：「王曉東也明白我們的情況，他說要替我們回家一趟，我托他帶了些金戒指，還有美金，美金在那裡頂用。我想，到了黃泥島，往西幾十公里就是牟平，要不要王曉東去你老家看看，你要不要托他帶東西？」

「我爸媽都不在了，你也知道，兩個弟弟早就離開山東了，現在在江西。」

「你不是還有叔叔嬸嬸？」

「他們在青島，等過段時間，我想我還是會回去的，出來了這麼些年，總是想回去看看。」

臨走前，在院子裡，怡晨突然又想起來：「我記得你和眉臻姊挺要好的。」

「是啊，她過世好幾年了，說起來走的時候還年輕，才剛四十歲。她丈夫過世後就沒再嫁，一輩子孤孤單單的，也沒個孩子。」語燕感慨著。

眉臻的丈夫失蹤好幾年後，相關單位判定他應該是殉職了，聽說發了一筆撫恤金，又有什麼用呢？人都沒了。眉臻的婚姻關係也算宣告結束，重新恢復單身。

語燕生老大的時候，眉臻打了一塊小金鎖來看她，眉臻看到白胖的小娃，很是喜歡，抱在懷裡柔聲笑語逗著。

語燕看在眼裡，心裡想，眉臻姊是喜歡孩子的，應該再找個人嫁了，生個屬於自己的孩子，這樣在異鄉也就踏踏實實有了家的感覺，雖然還是想家，比起孑然一身，終究強些，便勸了幾句。

眉臻只淡淡地搖搖頭，將繫著小金鎖的紅繩子套在娃娃肥嘟嘟的手腕上，小娃娃揮舞著雙手，很快又被包裹進了襁褓裡，小臉紅彤彤的，眼皮漸漸沉了，似乎想睡了。眉臻輕輕拍著，不一會兒娃娃真睡著了，她將孩子放在語燕身旁的小床裡，輕聲說了一句：「或許我沒有這樣的命吧，不想強求了。」

當時語燕還以為或許眉臻姊想等日後回大陸找蒙樂學長，會不會她輾轉聽說蒙樂沒有結婚呢？

「丁忠敏托人去找蒙樂。」

「找著了？」

「算是吧，蒙樂一九七〇年，文化大革命的時候死了。」

「一九七〇？眉臻姊是民國五十九年過世的，那豈不是同一年嗎？」語燕先是驚詫，繼而又浮起一絲帶著酸楚的安慰。

眉臻姊當年得了急病，連醫生都還沒來得及下診斷，就已經撒手人寰。那時語燕錯愕傷心，現今想想或者眉臻姊是趕赴另一個世界，和蒙樂再續情緣，這一世沒能圓滿的，上蒼也覺不忍，將給他們天堂相守的補償。

「是啊，同一年。」怡晨說，打開紅漆鐵門，盤繞圍牆上的軟枝黃蟬隨風墜落，紅磚地上鵝黃的花朵分外惹眼，語燕送到門外，怡晨跨上停在門口的機車，說：「進去吧，外面太陽晒。」

語燕笑道：「老都老了，還怕晒。」

怡晨揮揮手，發動車子走了。語燕怔怔望著，回味著自己剛才脫口而出的話：老都老了，是啊，今年她和怡晨都五十一歲了，離開家的時候才十二歲哪，語燕不勝感慨，眼淚模糊了雙眼。她拿起掃把默默掃著院裡門外落著的黃花，廣州也有這樣明麗鮮豔的黃花啊，她想起初到廣州時年幼的自己，想起前年接到弟弟的信告訴她母親過世時的悲痛，原來於她一切都晚了，來不及了。她只能在僅剩的記憶裡，拾取自己珍惜不能捨棄的碎片，儘量拼湊完整的人生。

語燕如此，和她有著同樣經歷的同學們，何嘗不是如此？幸運的還能見到父母一面，其餘的只能在墳前磕個頭上個香，中間的大片歲月，該怎麼說呢？他們竟是不知道。遺憾如風恆常，四季不曾因此稍停，儘管記憶遲疑，時間依舊如沙漏般往下墜落，終於滿地黃花掃成了一堆，撥進畚斗。

遠遠的，她看見自己的小女兒品荷從巷口走了進來，她臉上的淚痕已經讓風吹乾了，女兒走近了，隨口說：「這花掃了，一會又再落。」

「也不能就不掃啦。」語燕回答。

花如人生，日子本就不能也不該因為有缺憾就不往下過，黃蟬柔軟的花瓣在風裡輕顫，花開花謝，過去了的就是過去了，歲月從來不可能倒轉。語燕想起中學時讀過的詩句：年年歲歲花相似，歲歲年年人不同，多麼簡單易懂的道理，又是多麼滄桑感傷的心境。

王曉東今年帶的是畢業班，六月驪歌一唱，他就帶著大包小包的行李踏上回鄉之路。王曉東聽人家說大陸物資匱乏，什麼東西都沒有，除了帶美金、金戒指這些給親戚朋友的紀念，他又準備了好些小東西，電子錶、打火機、絲襪一類的，可以送給鄰居，看個新鮮。

王曉東先飛到了青島，已經是晚上，不得不先找家旅店住下，雖然轉機疲累，但王曉東一夜不能合眼，想到第二天就能見到爹媽，他激動得恨不得立刻上路。

翌日，王曉東包了一輛車去威海，他的行李多，一個人簡直顧不過來。進門的那一剎那，王曉東原在心裡揣想了無數遍，臨到眼前，什麼揣想都不切實際，他撲到在地，五十多歲的大漢嚎啕大哭起來，鼻涕眼淚糊了一臉，他想娘啊，想了四十年，從民國三十七年離開家，四十年了，誰能還給他失去的四十年。

他離家時，母親才三十歲，現在卻已經七十歲了，因為生活苦，爹媽看起來比實際年齡還要老。王曉東哭，一屋子的人都哭，淚眼模糊中也沒能真看清。還有姊姊，離家時，他的姊姊才十五歲，很標緻的一個姑娘，如今滿頭白髮，一臉皺紋。姊姊帶著外甥，外甥親熱地喊著舅，給倒了熱茶，要媳婦趕緊去廚房下麵。

「下麵，出門回來要吃麵，別忘了打兩雞蛋。」王曉東的媽交待著。

這是山東人的習俗，出門餃子回家麵。一方面餃子形狀像元寶，出門前飽食一頓餃子，意味出門在外手頭寬裕，不缺錢，若是做生意的人，還有賺錢的寓意。另一方面包餃子需要的時間比較長，和麵擀皮剁餡，再加上包和煮，也就是希望要出門的人能在家裡多留片刻，慢慢收拾行李，再和家人說說心裡的話。回家吃麵自然是因為下麵快，一碗熱騰騰的麵，既暖胃又暖心，還意味著家人想留住離家的遊子不再遠行，麵條象徵拴住腳的線。

聽說王曉東要回來，除了姊姊弟弟，鄰近的親戚也來了幾個，家裡原本就小，現在擠了滿屋子的人，更是連手都沒法伸，認親先是認了好一會兒，接著自然要問這一路怎麼走的？這一路指的是飛機從台灣怎麼飛？經過了哪些地方？可不是問他四十年前離開家，至今怎麼過的？別後種種只能等到親戚們走了，自家人聚在一處時才好說。

王曉東在家裡住了一個月，家裡的條件差，他和爹說，回去台灣後，會寄錢回來，讓爹領著弟弟把老家的房子翻修翻修。

「別寄錢，我們過得去，你回來一趟，花了不少錢。」王曉東的爹心疼兒子，怕兒子在台灣過得並不富裕，也就是個小學老師，雖說十年樹木，百年樹人，教書育人是極有意義的工作，但教書無論如何不是掙錢的工作。

「我那裡有，你們住得舒服些，我也還要再回來住，這是我的家啊。」

聽兒子這麼說，王曉東的父親才沒再多說什麼。

回台灣前，王曉東抽了一天的時間去范達齊家，帶著范達齊交給他的東西，媽媽一個五百美金的紅包，還有一條金項鏈，弟弟妹一人一枚金戒指，兩百美金的紅包，侄子侄女也都有金戒指。王曉東依照范達齊給他的地址，由外甥陪著，在黃泥島找到了范家，小小的磚房，低矮幽暗，王曉東費了半天勁說明自己是誰，原來范達齊的家人還沒收到范達齊的信，信上就是為了說明托了朋友來家裡的事。

范伯母的眼睛不行，耳朵也不好，王曉東提高聲音解釋著，這會他弟弟不在家，弟妹倒是在，但對於突如其來的陌生人，有些疑慮提防。

王曉東的外甥突然想到，說：「舅舅，你不是有一張和范達齊舅舅的合照嗎？快拿出來給奶奶看。」王曉東這才想起，行前他不僅準備了自己和范達齊夫婦的合照，還有好幾張范達齊家人的照片，就在王曉東出發前，才去范達齊家裡拍的。王曉東連忙拿出來，范伯母一看，明白了，拉著王曉東進屋裡坐，也拿出范達齊之前寄回來的信和照片，范達齊弟妹喜出望外，問：「我哥呢？沒和您一起回來？」

王曉東解釋著范達齊的難處：「他想回來，真想，都想了四十年，怎麼可能不急，但他孩子還小，喏，就是這個閨女。」王曉東指著照片上范達齊的么女：「她小學都還沒畢業，達齊一時還沒法退休。」

「怎麼沒退休就不能回來？」范達齊的弟妹不解。

「政策是這麼規定的。」

「太不近人情了。」她咕噥著。

「已經很好了，很好了，盼了這麼久，想不到還有見得著面的一天，你回去告訴他，不著急，我等著他回來。」老太太說。

「是的，過幾年，他一定會來，您身子骨硬朗著，他還帶孫女一起回來看您。」

老太太高興地笑了，要兒媳婦去廠裡把丈夫叫回來，家裡來了重要的客人，媳婦聽了，詫笑道：「一激動，我怎麼把這忘了，王大哥，您坐坐。」說完，快步出去了。

王曉東和范伯母說了許多范達齊的事，當然還有怡晨，他們家裡那四個閨女。

「他怎麼在空軍，危險嗎？」老太太問。

「不危險，他是修飛機的，不上去飛。這會兒不也不打仗了嗎？不危險，您放心。」

正說著，范達齊的弟弟進來了，手上拎著一尾魚，一袋蟶子，還有一條火腿腸，一瓶白酒。

「鄉下地方，沒什麼好東西，您就湊合湊合。」范達齊的弟弟熱情地招呼，他長得和范達齊真像，一樣的大高個，臉皮白裡透紅，雙眉濃黑。

「你這麼說太見外了，我和你哥還真穿過同一條褲子，那時候我們在學校生活苦，就一條褲子勉強沒有補丁，誰有要緊事誰穿。」

盛情難卻，王曉東知道真要推辭，反而是卻之不恭了，王曉東在范達齊家裡吃了午飯，和他們說了許多關於范達齊的事。臨走前，范伯母拉著王曉東的手：「你告訴他，知道他生活得好就行了，有幾年，沒有他的信，我什麼沒想過。」老太太哽咽了，她忍著沒有哭，兒子好，她高興，何況兒子不孤單，有這麼好的朋友，老遠替他回家，她說：「你叫他好好拉拔大我的孫女，我等他，等他們一起回來。」

王曉東臉上發熱，喉頭發緊，他回身撲通跪了下來，老太太來不及扶他起來，王曉東已經磕了三個頭，老太太再也忍不住哭了，范達齊的弟弟弟妹也在一旁抹淚。

「范達齊今天不能回來，您原諒他，我先在這替他磕頭，他一定會回來，您放心等著。」王曉東說。

老太太點著頭，擺了擺手，算是道別，淚眼迷濛中她看著范達齊的弟弟弟妹一路送王曉東走出村子。

老太太終於還是沒能等到離家遠行了四十年的兒子回家，來年春天，她就因為腦溢血去世，范達齊悔恨交加，王曉東安慰他：「伯母說了，這些年什麼樣的壞事她都想過，擔驚受怕地過來了，如今知道你過得好，還給她生了四個標緻的孫女，她已經很滿足了。」

范達齊又過了八年才退休，那時的他只能到母親墳上，嚎啕大哭，花甲之年，話語破碎：「兒子回來了，您不是說了等我的嗎？您不是說了等我的嗎？」

風吹過山間，荒草漫漫，綠葉枝叢裡開出細小的白花，風停雨歇，草長花開，日頭一點一點往山後沉落，在他們看不見的地方，又將再一點一點升起。

當年范達齊入伍當兵，學校裡接收了那件縮水衛生衣的同學林文，畢業後一直沒有娶親。一開始想著回老家再成家也不遲，反正人還年輕，不用急著往自己身上套責任，回家再娶，父母看著也高興，和親戚們熱熱鬧鬧地喝一頓。後來年紀漸漸大了，眼看過了三十，卻還回不去老家，身邊的朋友同學都勸他，別再拖了，趕緊娶一個，於是有那熱心的為他張羅介紹，但總遇不到合適，雙方都能看著順眼的。尤其是在台灣已經落地生根好幾代的本省籍女孩，人家父母一聽是大陸人，都不願意，說哪天可以回大陸了，他豈不是會把人家女兒帶跑，若真是這樣，要見女兒一面就難了。

介紹的媒人忙說：「不會的，林先生爸媽不在台灣，新娘嫁過去，沒有公公婆婆，沒有大姑小姑，多自由啊。」

也有的願意和林文往下談談看，談著談著，林文就又覺出許多的不合適，終於，到了四十歲他還沒為自己張羅成一樁婚事。

林文本來也覺得無所謂，不結婚倒也樂得輕鬆自在，一個人吃飽全家不餓，同學們的事他最是大方，他總說別人拖家帶眷，負擔重，不像他一個人，手頭寬鬆點也是過，手頭緊點也是過，人家孩子讀書看病沒有哪件事是可以緩一緩的。

但等開放探親了，林文卻突然覺得自己錯過了許多，他不該這樣把自己的一生荒廢掉了，他要怎麼和爹媽說。

原本沒和家裡聯繫上，一聯繫上了，爹媽最惦記孩子過得好不好，是不是已經在異鄉擁有了自己的家。林文為了怕爸媽擔心失望，於是在信上編了一套假的生活，在這套假的生活裡，他有賢慧的妻子，有一兒一女，果然爹媽聽了放心了，安慰了。林文以為暫且過了關，不久，他的爹媽又來信了，問：「好些人回老家了，你怎麼不回來看看？如果有困難，一時還沒法回來，爹媽懂，爹媽等著你，你別著急，先寄一張你們一家人的照片，讓我們看看也歡喜。」

林文其實已經辦了手續，過兩個月就要回老家看看自己牽掛四十年的爹媽了，不想出發前，他們提出了看照片。林文這才如當頭棒喝，他一個人回家沒帶家人，可以解釋孩子要上學，怕耽誤功課，孩子的媽不放心留在家裡照顧孩子，也說得過去，但若連張照片都沒有，就實在不合情也不合理了。

林文無法，只好央求同學幫忙，正好書盈的老大結婚，婚禮上來了許多同學，還有些是闔家光臨的，林文解釋了自己眼前的難題，同學們都願意幫忙，於是按照他說的年齡，現場借來了同學的一兒一女，雯荔就假扮他的妻子，拍了幾張全家福，讓他帶回去哄老人家開心。

照片哄老人家效果不錯，離家四十年的兒子終於回來了，已經是高興得不得了的事，何況兒子在外面生活得幸福美滿。林文稍稍放下一顆懸著的心，他多不願意讓爸媽失望，讓他們發現自己孑然一身，為他遺憾憂心。

誰都沒想到，八年後，林文因病過世，他的爹媽已經在兩年前相繼去世，林文臨終前囑咐同學，把他的骨灰帶回老家，葬在爸媽身邊，活著的時候，他陪著他們的時間太少，死了以後，他再也不要和他們分開，要永永遠遠相守一處。

幾個老同學為林文辦後事，告別式上，大夥聽說林文火葬後，骨灰要帶回大陸，已經和他弟弟聯繫好了，王曉東自告奮勇送他回去，同學們感慨不已。雯荔卻和王曉東說：「這樣的事，你怎麼沒和我說，應該我送他回去。」

王曉東聽了，驚呆了，差點以為雯荔和林文有什麼祕密情事，一直瞞著大家瞞得滴水不漏，所以林文才終身未娶？直到林文走了，雯荔才在葬禮上吐露實情。

一時間王曉東腦子裡轉了好幾轉，自己都不敢相信這樣的猜測。緊張地問：「怎麼應該是你送？雯荔啊，你有家庭，這樣不太適合吧。」

「你們忘了，當年林文拍的全家福裡，我是他妻子，我若不送他回去，他的家人怎麼想？我要讓他們放心。」

大家都想起來了，多年前書盈嫁女兒，吃喜酒時，確實拍過這麼一張照片。

王曉東聽了，十分感動，人家說做戲做全套，還是雯荔顧慮得周全，但是，雯荔的老公能同意嗎？雯荔說：「你放心，他會懂的。」

在王曉東的陪伴下，雯荔帶著林文的骨灰踏上了回鄉之路，他們將林文葬在林文父母的墓旁邊。兩人第二天就走，王曉東還要回威海，雯荔就先回台灣了。

林文的弟弟、弟妹，還有兩個侄子在餐廳訂了一桌豐盛的菜，謝謝王曉東辛苦奔波，同時為雯荔餞行。

席間，林文的弟弟舉杯敬王曉東，謝謝他為林文處理後事，這原應該是他做的，但辦手續到台灣可不容易，即使辦得成，時間也拖得太長。他連乾了三杯，語氣有些哽咽，墓地忙了一上午，他原本稀疏的頭髮經過整理還能遮住禿頂，如今沾著汗早已折騰得凌亂不堪。

趁著一些酒意，他又轉向雯荔，敬道：「嫂子，我敬你這一杯，你要是能喝就喝了吧，過了今兒，我不再叫你嫂子，只叫你姊。」

王曉東一聽，覺得這話說得唐突，難道林文不在了，他們就覺著林文的老婆不是一家人了，還是暗示著人家會改嫁。都這把年紀了，王曉東有些不以為然，正要說幾句提醒的話，林文的弟弟喝乾了杯子裡的酒。他的酒勁又大了些，他嚥了口唾沫，正色道：「王大哥、嫂子，你們為我哥做的一切，我們林家人記著，一輩子感激你們，我是鄉下人，沒讀過書，話說得不好，你們別介意，我衷心記得你們對我哥的好。」

「弟，別這麼說，我們是一家人。」雯荔說。

「嫂子你願意把我們當一家人，是我們的福氣，不，是榮幸。但嫂子，我爹媽都走了，如今哥也走了，你不必再幫他瞞了，你不是我嫂，對嗎？照片上的孩子，也不是我哥的孩兒。」

雯荔怔住了，一時不知該不該承認，偌大的一個謊言突然就被戳穿了，這會兒反而是雯荔不知所措。

「你知道？」王曉東脫口而出，等於就是承認了。

「不只我知道，俺爹俺媽都知道。我哥第一次回來，拿出照片給我們，媽就起了疑心，說怎麼看照片裡的四個人都不像一家人，我哥更是個光桿樣，這不是他說他有家庭，他看著就像個做爹的人啊。」

雯荔倒抽一口氣，以為自己讓老人放心，成全了林文的一番心意，原來自始至終，人家都知道這是一場謊言。沒有戳穿，只不過是為了成全林文的一片心，他們自以為安慰了老人，結果卻是老人安慰了他們。

王曉東一時語塞，明明是冬天，他卻臉紅了起來，索性猛灌一杯酒，連眼前也迷濛了起來，他這個兄弟瞞了這麼些年，不知道辛不辛苦。林文總覺得對不起爸媽，說自己沒有盡到傳宗接代的責任，還好回家後，知道弟弟有兩個兒子，愧疚的心這才稍減。王曉東聽說林文要葬在自己父母身邊時，他還操過心，想活著的時候瞞了這麼些年，死後還得瞞下去，林文的個性一向粗線條，這不是難為他？原來老人早就知道了，這下好了，林文可以踏踏實實地陪著老爹老媽，睡在老家的土地下了。

林文的弟弟繼續說：「我爸媽都很高興哥哥有你們這些好朋友，在外面的日子難，還好有你們，他們相信我哥這輩子不孤單，交了你們這樣的朋友，他一輩子也值了。」

一桌子的人各自垂淚。

淚眼模糊裡，林文的弟弟看見了十四歲的哥哥背著行囊離家，雯荔看見十九歲的林文在教室裡耍寶逗女同學開心，王曉東看見了四十歲的林文盛暑天裡汗流浹背為老同學張羅搬家。

林文的一生並不孤單，只是想家。

原來，年少的時候沒有了家，並不是成年後為自己再創造一個家，就能彌補心中的缺憾啊，那一個洞永遠在那，每想起都空得人意亂心慌，每觸及都痛得人無力招架。

他們明白了，他們的一生無法改變，沒有誰真能和時代對抗。

王曉東看見林文站在講臺上，揮舞著右臂擦黑板，粉筆灰在他眼前飛舞，瀰漫一股澀澀的石灰味，他多希望自己年少的歲月可以像黑板上的字一樣，擦掉不留痕跡，重新寫上新的，圓滿一點，溫暖一點，至少離家的時間短一點。他這樣想，這樣教著課，課堂裡的孩子大了，離開學校，他彷彿又再見到昔時離家的自己。他漸漸明白，一切都是奢求啊，粉筆灰染白了他的頭髮，當他企求時代的書頁可以如黑板擦掉重寫，莫非奢望歷史重來一遍，不只是重來，還是改寫，這原比癡人說夢還要愚昧。

民國八十一年，開放探親已經五年了，語燕收到小弟從江西寄來的信，信上說：「許多人從台灣回來了，姊姊一直沒提回家的事，是不是有什麼顧慮？我們也不好讓姊姊為難，但實在想念姊姊，爸媽不在了，總還是盼著姊弟能團聚。」

語燕看完信，潸然淚下，並不言語。

「想回去就回去吧。」一沛然說，他怕是因為自己沒有回去，語燕就也不回去了，畢竟每個離開家的人，各有各的故事，誰的心事只有自己最清楚，回與不回，原也不必向旁人說分由，但沛然與語燕是夫妻，沛然沒回去，語燕卻不必隨他。

這些年，許多人回了老家一趟，發現老家已經不像自己回憶中的那般，以前沛然也總說要帶著自己的小媳婦回家，給大家看看，沛然離了家，娶了這麼標緻的媳婦。沛然的母親在沛然兩歲那年就過世了，父親又娶了繼母，生下弟弟妹妹，大陸淪陷後不久，沛然就輾轉聽說，父親和繼母在鬥爭時被打死了，幾個弟妹也都下放了，黑龍江、新疆和海南，天南地北，身各一方，距離之遙，不亞於他在台灣，一個家是徹底散了。

但他也還是想回老家看看，看看住過的老房子，房子旁的大樹，兒時嬉戲的水塘。沒想到，有人回去了，給沛然帶來的消息，他家的房子沒了，園子裡的樹自然也沒了，可以依附他記憶的景物都沒了。人說：物是人非事事休，現在對沛然來說，卻是物非人非了，回家的念頭也徹底打消了。不回去，至少記憶不被捅破，故鄉還可以留在他心裡。

語燕不同，不但弟弟是親弟弟，不像他是同父異母，且又是他離家讀書後所生，他們恐怕不清楚有他這麼個哥哥，尤其是海外關係一度在大陸是忌諱。語燕離家時，大弟弟八歲，小弟弟三歲，語燕是想念他們的。雖然前些年和兩個弟弟通上信，寄了彼此的全家福照片，畢竟不是團聚。

「見不到爸媽了，至少要去上個墳。」語燕心裡想。

這一年的清明節，語燕終於在女兒品荷的陪伴下踏上了歸鄉路。說是歸鄉路，並不正確，語燕父母的墳不在山東，而在江西，所以語燕去的不是山東，而是江西。

四十多年的分離，昔時年幼的小弟如今已經顯出老態，語燕看著小弟有些發怔，直到小弟喊了聲姊，抱住了她，語燕才想，她覺得小弟老了，自己在小弟眼中更老了。

可不是四十多年過去了，大弟弟已經五十多歲了，小弟鬆開語燕，語燕又和大弟擁抱，小弟從小聰明伶俐，現在一看，日子過得就比大弟好，人也顯得精神。

機場人多，不是說話的地，接到了語燕，兩個弟弟簇擁著語燕母女朝外走，上了車，語燕才想起來問：「你們一眼就認出我了？」

「姊和媽長得一樣。」語燕的小弟語慶說。

語燕聽了這句話，心裡受到觸動，留下了眼淚。這些年她不止一次夢到自己回家，弟弟還是小時候的模樣，白白胖胖的眨著一雙靈活的大眼睛，母親也是當年語燕離家時的樣子，只有語燕長大了，但夢裡不覺得突兀，快六十的女兒，不到四十的媽，但媽怎麼也還是媽，語燕抱著媽哭，媽說：「你總算回來了。」

語燕在心裡和媽說：「我回來了，你卻沒有等我。」

大弟語淮咕噥了一句，語燕剛才還沒留意，闊別四十年再相聚，她太激動了，這會兒定了定神，她才發現語淮講得一口九江土話，她竟聽不懂，也是，剛才就喊了聲姊，所以她沒發現。

語燕感慨地說：「一家姊弟，竟然口音各異啊。」

語慶的普通話說得好，他告訴語燕，初到九江時，父親怕人從他們的口音追出他們從哪來，總不讓他們出去玩，外鄉人惹眼。他們一家逃到九江，為的就是撇開地主的身分，土地是帶不走的，從離開家的那一刻，他們已經沒有半分地了，但是一旦被人發現了過往的身分，隨時可能引來意想不到的麻煩。

語燕想起小時候，父親躲在閣樓，她趁夜走去給父親送消息的事，那時候她不懂，覺得父親為什麼躲著，讓人來家裡鬧，還打了媽媽。如今想來，語燕心疼起父親，他不過是個老實人，沒有大的志向，只想在亂世裡保住一家人的命，苟延殘喘也是活著，然而偏生遇到了這樣的世道，保護妻兒這般費力。他年輕時恐怕不曾想過有朝一日得離鄉背井，來到陌生的城市，貧無立錐之地，頭上片瓦都沒有地從頭開始。

語慶說，那時他們住在江邊，父親學著捕魚，捕魚不需要本錢，捕的魚若太小賣不掉，自己還可以吃，大些的魚拿到市場裡賣掉，就可以買米買油買青菜。

「父親走得早，他的身體一直不好，也是擔驚受怕熬的。」語慶說：「他過世前，塞給我一張小紙條，他一直貼身收著，上面寫著一個地址，是台灣叔公的地址，說是經過他可以找到你，他叮囑我，無論如何要找到你。」

語燕聽了，心裡揪著疼，又覺出溫暖，父親記掛了這個不在身邊的女兒一輩子。語燕的父親在民國六十六年過世，那時兩岸情勢依然緊張，看不出接下來可以發展到開放探親的階段。語燕的叔祖父透過美國的朋友輾轉和大陸的親人取得聯繫，久久才得轉一封信，也不敢頻繁寫信，文化大革命剛過，日子暫時和緩了些，但是大家都不敢張揚，繼續壓抑著過生活，怕哪一天又鬧騰起來。

語慶、語淮在九江長大，他們知道有個姊姊，但是其他認識他們家的人都以為家裡只有兄弟倆，因為台灣關係一度會招來麻煩。

語慶告訴語燕，父親曾經在橋下遇到一個瞎子，說會算命，父親忍不住問：「我有個女兒，屬老鼠的，離開家去了別處，她好嗎？什麼時候能回來？」算命的聽了，握著父親的手，細細摸他的骨，說：「這個孩子必須離家，如若留在家裡，恐怕已不在人世，離了家反倒平安。只不過，你們這一世是沒法相見的了。」父親既心酸又欣慰，心酸的是再也見不到女兒，十年方能修得同船渡，這一世為父女多麼難得，既有了這樣的緣分，生為他的女兒，卻不得相守。欣慰的是，當年讓女兒跟著學校走的決定沒錯，至少保了女兒一世平安。

語燕聽語慶說，她的眼前浮現豆綠江水緩緩東流，滿頭白髮的父親殷殷追詢，算命的瞎子佝僂著身子，眼球透出灰濛，他卻可以清楚看見這個父親的心事。眼前這個中年男人的悲劇已然發生，在時間的流裡不可改變，這原不是他一個人的事，是藏在時代縫隙裡的遺憾，他卻可以給這父親一點點安慰，雖然於事無補，但在接下來的人生裡思及此事，至少有了一點安慰：我這樣做是對的。

12

一早，電話響了起來，語燕剛吃完早飯，她估摸這應該是那個同學打來的，只有他們才會不到八點打電話，現代人大多起得晚，十點前似乎不好往別人家裡打電話。語燕的女兒品荷就是這樣，在報社工作，每天總要到中午才睡醒。但是語燕的同學們做了一輩子小學老師，每天七點就到學校陪著孩子早自習，這樣的生活一過四十年，現在雖然退休了，也不習慣睡懶覺，完全不用鬧鐘，六點一到，自然就醒了。反正起得早，同學們不知不覺總趕在八點前打電話，不然大家又該去菜市場買菜了。

語燕的一兒一女結了婚，早就不住在家裡，家裡只有老倆口吃飯，但是她喜歡天天去菜市場。在這裡住了三十年，菜市場裡的人都熟，菜販肉販都是第二代了，語燕看著長大的，還有她教過的學生，當初成績不好，不喜歡寫作業，老挨罵罰站，如今卻是一口一個老師叫得特別親熱。天天上市場買菜，語燕不僅是圖個魚蝦果蔬新鮮，年紀大了，也是種生活調劑。

「你收到同學會的通知沒有？」雯荔在電話那一頭問。

「沒有啊。」語燕說，心裡細細回想，昨天郵差來，除了送來電話費繳費通知單，確實沒有別的信。

「可能是從台北寄出的，台中晚一點，今天應該就收到了。」

「同學會什麼時候？」

「下個星期六，今年是聯中遷校員林六十週年。你會去吧？」

「去啊。」語燕不加思索地回答。

「聽說池月夫妻也會從加拿大回來。」

「我們同學會不一樣，我們就和家人一樣啊。」

「是啊，台北會下去四輛遊覽車。」

「可惜老師們都不在了。」語燕感慨著，胡老師還在的時候，每年過年她總是會去看看他。胡老師一向對學生熱心，每次去，語燕都會在他家裡遇到許多小學妹，逐漸地那些小學妹比自己的女兒還小。幾年前，胡老師也走了，八十六歲，也算高壽，語燕還是難受了許久，有時走在路上，看見開往員林的客運車，心裡都會一陣哀戚，屬於他們的青春終究是喚不回了。

中午，郵差來，語燕果然在信箱裡看到同學會的通知，徐沛然說：「你們挺勤快的，起初每年都辦同學聚會，後來又增加了過年團拜，今年更頻繁了，重返母校。」

「今年不一樣，聯中從澎湖遷到員林六十週年，有些同學畢業後就沒有回過員林。」

「都六十年啦，當年的校花陪了我一輩子，恐怕很多男同學心裡討厭我呢。」

「什麼校花？老太婆嘍，都快八十了。」語燕笑道：「滿臉皺紋，滿頭白髮。」

「頭髮染染就行，不然你也去做那個什麼電波拉皮，我出錢。」

「我才不作怪。」語燕搖搖頭。

徐沛然望著語燕白皙的臉龐不再光鮮亮麗，濃密的黑髮變得花白稀疏，但是，他依然在她身上看得見年輕時的秀麗丰姿。

歲月是留不住的，也是騙不了人的，沛然教書的時候，有個學生在作文上寫，時間是毒藥，一旦開啟就只能走向衰敗。當時沛然想，十八歲的學生哪裡知道什麼是生命的衰敗，就連四十歲的人也不真的知道。如今回想，那時的沛然六十多歲，如今都八十好幾了，相較於現在，六十幾歲也還是一種年輕啊。

但是不論時間怎麼流淌，他總能在語燕身上看見昔時年輕的模樣。所以老同學老朋友益發顯得重要，當你不再年輕，只有他們仍然記得你年輕時的風華，少了他們，有時連自己都沒法證明，自己也曾經年輕過啊。

沛然記得，有一回語燕在家裡整理舊照片，兒子帶了讀小學的孫女回來，孫女看見奶奶高中時的照片，臉上出現一種不可思議的表情。

語燕於是問她：「你是不是從沒有想過，奶奶也曾經這麼年輕。」

孫女不好意思地說：「沒有啦。」

但其實就是如此，年輕人總是忘了眼前的老人曾經和自己一樣年輕，甚至在更早以前，老人曾經比自己還年輕。

同學會的日子到了，聚餐是中午，遊覽車早上八點半從台北出發，預計十一點半可以到，語燕卻迫不及待九點半就出門了，才十點半已經到了員林。她從員林火車站坐計程車去學校，聽說同學會聚餐的餐廳離學校很近，為的就是大夥可以一起在校園裡走一圈，然後散步去餐廳。

民國一〇二年，來自山東的流亡學校遷校台灣員林六十週年，沈語燕站在崇實高中的校門口，學校已經完全看不出六十年前的樣貌了，剛才從火車站出來，本想一路走來學校，以前在這兒念書的時候，不論有什麼事，只要需要往返車站，一向都是走著去的。

那時候馮偉在岡山當兵，放假的時候去台北看女朋友棋鵑，因為窮，只買得起不對號的慢車火車票，他會先寄一封信告訴語燕，哪一天坐哪一班車，大約幾點會經過員林，語燕便依照馮偉說的時間，到月臺上等。碰了面，兩個人就坐在月臺的長椅上聊天，有時候語燕還會把要給棋鵑的信或者髮夾、蜜餞、花手帕一類女孩子喜歡的小東西，交給馮偉帶給棋鵑。

棋鵑原就是語燕在煙台讀小學的同學，後來在基隆上初中時，兩人又意外相逢，才知道彼此都來了台灣。台灣雖說不大，但都能在基隆，又還在同一所學校上學也不是容易的事。那個年代，通訊不便，許多人倉皇來台，費盡心思找人還不一定尋得到親友，就這樣錯失一輩子再也不曾相聚的例子可不算少。昔日同窗異地相逢，自然就更加覺得親切，值得珍惜。

語燕記得那時候去車站見馮偉都是走著去的，當然，也沒車可坐，民國四十二年，別說員林還沒有計程車，三輪車雖然有，但要花錢坐，語燕寧可省下車錢吃一碗加了糖水的清冰。好幾次，語燕就這樣和馮偉坐在月臺的長椅上說話，直到下一班開往基隆的慢車進站，馮偉才跳上北上的火車，語燕便又獨自走回學校。一晃眼，六十年過去了，十幾歲的小女孩如今已經七十好幾了，腿腳不利索了不說，今天陽光也太烈了些，坐上一輛在火車站前等客的計程車，語燕告訴駕駛要去崇實高中，年輕的駕駛隨口問：「去看孫子啊。」

語燕說：「去開同學會，我是崇實高中的校友呢。」

「同學會，哇，那我們是校友啦，您什麼時候在這兒讀的書啊？我看您不像本地人啊。」

「民國四十二年，你說我不像本地人，我在這裡的時候，你還沒出生哪。」語燕說這話時，心裡不禁感慨起來，別人一眼就斷定她不是本地人，她卻在這裡真真實實生活過，但如今，別說其他人這樣看她，員林也讓她看著眼生啊，街道全都變了。

人生就是這樣，什麼都敵不過時間。不但員林變了，連學校看著也變了，說是新氣象，她卻想念以前的校舍，矮小狹窄的教室和寢室，堆滿了他們年輕的回憶。

「我知道了，我聽我阿公說過，崇實高中原本是從大陸遷來的學校，建校初期老師學生都是大陸人，您就是那時候來員林讀書的學生吧。」

語燕點點頭，是的，她就是那時候來的，那時候的員林一點也不繁華，但是純樸。他們學校的學生都窮，有些男孩子好不容易攢下一點錢，去市場的麵攤吃麵，吃的當然是最便宜的那一種。一團黃色的油麵在滾水裡燙過，加一點韭菜、豆芽、味精、鹽巴，然後倒一勺湯，一點肉燥，就是當地人說的切仔麵。

因為和他們在大陸吃到的湯麵不同，北方不興吃加了鹼的黃油麵，所以同學們都將這種麵叫做台灣麵。好不容易有點錢，到麵攤叫了一碗切仔麵，實在是饞得慌，就猛往麵碗裡加辣椒醬，有的還會問老闆能不能加湯？麵攤老闆看了他們都怕，直說一碗麵賺的錢，還不夠他們往碗裡倒的辣椒醬呢。

那時候，語燕他們在員林就被當做外地人，說的話不一樣，員林的本地人都說閩南語，他們不但不會說，剛開始聽也聽不懂。別人當他們是外地人，他們自己也覺得是外地人，而且是窮得響叮噹的外地人。

語燕到得早了，她便先進了學校，顯然學校傳達室的工作人員也收到了同學會的通知，看見語燕穿過校門，他點頭微笑致意，並未詢問。

語燕環顧四周，覺得十分陌生，這完全像是一所新的學校，連當年高大的白千層和木棉樹都找不到了。語燕曾經耐心收集每年四月間空中飄墜的棉絮，想要做一隻枕頭，終於沒能做成，棉絮不夠，僅縫了薄薄一隻坐墊。還有那一株她們四個人一起寫下名字的白千層，也沒了蹤影。語燕感歎著，六十年，這麼長的時間，能有什麼完全不改變呢？當年他們離開家，天天想家，等終於可以回去，家鄉也變了啊。

當年離家的孩子，如今已經垂垂老矣。前幾天為了同學會聯繫的事，聽書盈說年底已經有人要娶孫媳婦了。

語燕瞅著校園裡怒放的玫瑰，心想，真要說家鄉，這裡才是家鄉吧，馬上第四代都要誕生了。

語燕轉過身，發現王曉東不知道什麼時候站在她的身後，語燕說：「你也等不及地到早了。」

「我到得可比你早，你走進學校我就看到你了，喊你聽不見，揮手看不見，就和當年一樣，我總想引你注意，你從沒注意過我。」王曉東一口氣說了一大串。

「不是沒注意過，是不敢注意，你們太調皮了。」語燕想起以前男同學總愛惡作劇。

「半大小子，不知道自己招人煩，還以為挺聰明的。」

「那時候的我們多麼年輕啊。」語燕說著，不免唏噓。

「是啊，都走了好幾個。」王曉東說，臉上沒有哀戚，他興致勃勃地說：「不過，不必擔心，我們的關係不同，到了那邊，同學會照辦，現在這邊是主會場，那邊是副會場，過些年，那邊是主會場，這邊是副會場，我們總會聚在一起。」

「瞧你胡說八道，當了這麼些年老師，怎麼還沒個莊重。」

「怎麼不莊重了？潘雯荔不是信基督教嗎？她沒和你說嗎？叫你要信主，信了主將來才能去天國，我們才能在天國團聚。」王曉東理直氣壯地說。

語燕笑著搖頭，潘雯荔是虔誠的基督徒，當年沒能勸動他們信主，畢業後不論同學會還是有人娶媳婦嫁女兒，逮著機會她總要傳福音。同學們不愛聽，老拿她開玩笑，嘻嘻笑笑地反駁她，她也不惱，有機會還是不厭其煩勸導這些不開竅的老同學。

「我和她說，天國在哪我不知道，但我們不管到了哪，都會團聚的，十幾歲就一起離了家，六十年了唉，誰能有我們親哪。」

語燕聽了，霎時被觸動，為了掩飾情緒，故意說：「好，你當召集人，同學會不管我在這邊還是那邊，你總要通知到我。」

「那還用說。」王曉東故意學時下年輕人的語氣：「那是一定要的啊。」

正說著，遊覽車已經到了校門口，一群老先生老太太湧進校園，原本略顯拖沓不俐落的步伐，似乎也輕快了起來。七八十的老人霎時全都想起了自己十七八歲的模樣和心情，一人一句七嘴八舌地鬧騰著，聲音可壯可響了。

雯荔看見語燕，過來拉著她，語燕一晃神，彷彿回到十三歲那年，在廣州珠江邊上和同學們走丟了，她獨自坐在橋上哭，是雯荔回頭找的她，不然她說不定真就走失了。

學校不大，他們繞了一圈，點點滴滴的回憶歷歷在目，每天降旗後的躁動，不知怎麼宣洩的大把青春，嬉笑著歡唱著，當然也有過很多當初說不出口的疑惑、憤恨與委屈，如今回想起來全成了寶貴且值得珍惜的記憶。

繞了一圈，又走回校門口，有人說：「學校似乎比記憶中小。」

「那是因為那時你還小。」不知道是誰回答的。

「如今卻老了。」又有人補了一句。

「什麼老不老的，我可餓了，吃飯去。」

一句吃飯去，將大夥拉回從前，低矮簡陋的房舍，裝在臉盆裡的飯菜，夾著沙石的米飯，缺少葷腥的青菜……是他們共同的青春，既貧窮也富有。

走過校園，泥土地已不復見，王曉東卻至今依然清楚記得那一塊沾了泥不能再吃的泡泡糖。那時他才十七歲，有人請他吃一塊泡泡糖，粉紅色的糖塊一撥開包裝紙就聞得到濃濃的甜香，放進嘴裡歡快地嚼著，王曉東心裡無限幸福滿足。他決定嚼一整個下午，結果他嚼著泡泡糖穿過操場，大約是太快樂了，竟然沒有留意到迎面而來的秦老師，秦老師喝斥道：「看看你什麼樣子，說過多少次不要邊走邊吃。」王曉東連忙停止咀嚼，還來不及有任何回應，秦老師已經揚起手給了他一個耳光。這一巴掌不僅搧得他臉頰熱辣辣的疼，嘴裡那塊原本想嚼一個下午的泡泡糖也猝不及防地給搧了出來，掉在泥裡。

秦老師揚長而去，留下王曉東呆立在原處，別人見了肯定以為他挨了打，下不了臺一時愣了，不知道他是心疼那一塊才嚼了沒幾下的泡泡糖，連甜味都還沒有嘗完。他心疼地望著沾了泥的粉紅色泡泡糖，口腔裡還殘留著甜味，他實在捨不得，撿起來洗洗還可以吃嗎？泡泡糖上的泥沖得乾淨嗎？他在心裡糾結盤算，稍一猶豫，經過的同學已扯住他的胳臂走了，上課鐘響了，他卻因為捨不得那塊泡泡糖沒有聽到。

多年以後，當了父親的王曉東，一天在電視上看到廣告裡嚼泡泡糖的人吹了一個腦袋一般大的粉紅色泡泡時，他和自己的一對兒女說起了這段往事，當時十一歲的兒子問：「如果不是上課了，你真會撿起那塊髒了的泡泡糖嗎？」王曉東也不知道，九歲的女兒則是一臉同情地說：「你一定很恨那個老師。」恨嗎？似乎也沒有，就只是捨不得那一塊才嚼了幾下的泡泡糖，連甜味都還沒嘗盡呢！

如今七十幾歲的王曉東想起這段往事，忽然明白了，就是因為這捨不得的心情讓他一直記得那塊泡泡糖。後來他當了小學老師，有錢買泡泡糖了，蘋果的、檸檬的、柳橙的、草莓的，後來還有了西瓜的、哈密瓜的、藍莓的，各式各樣的口味，戴假牙的他已經不適合嚼了，但最讓他忘不了的始終是那一塊害他挨了一巴掌的泡泡糖，讓他顧不了臉上的疼，一徑埋怨自己怎麼就沒把嘴閉緊，竟然讓糖掉在地上了。年邁的他終於明白了，這捨不得就是人生珍貴的回憶，一點一點堆積，終於成就了蒼蒼白髮，無數故事。

歷史上人類的遷徙並不算少，個人的走與不走，在一個時代裡不過像蒲公英的漂流，但是，對於走了的人，和留下來的人，卻是真真實實不一樣的一生。

風中的蒲公英，有時昂首，有時低眉，帶著希望的種子趁風勢前行，終於在另一方土地開出美麗的花朵。

民國三十七年，是秋季裡的一個早晨，天還沒冷，語燕的心情如那天的天空般清澈。至今，語燕依然清楚記得那個早上，全校師生在學校操場集合，他們升上中華民國青天白日滿地紅的國旗，美麗的旗幟在風中飄揚，當時他們渾然不知帶著一群年輕孩子「離家出走」的校長，那一天的心情該有多沉重，他們一心以為很快就會再回來，不想接下來的歲月卻在異地扎根繁衍。

沈語燕老了以後，頻頻回首，年少的流離漂泊，她失去了什麼？又得到了什麼？小時候，她曾經嚮往外面遼闊的世界，因此，離開家時，幾乎沒有眷戀不捨，等到她明白想家的滋味時，才發現已經回不去了。

南方有嘉木，穿地一二尺。其樹如瓜蘆，孤根終不易。

當年課堂上初次聽聞老師讀這詩，詩句寫的原是茶樹，但因為詩中那句「孤根終不易」，而衍生了思念故土之情。北方地寒，本不適合茶樹生長，山東卻是古代茶樹生長的北限，日照、嶗山、沂蒙、諸城有綠茶，泰山更有著名的女兒茶。六十年過去了，他們逐漸明白，自己的兒女生在這，長在這，他們教導過數目成千的學生也在這，所謂十年樹木百年樹人，思念固不可斷，嘉木的故土卻已經在不知不覺間成了腳下這一隅南方溫暖的土地。

語燕聽過一個傳說，人死後將重返自己曾經走過的每一步，拾起所有的腳印，若果真是這樣，他們這些同學還將先後為伴。

這時候，負責同學會聯繫的人趨前吆喝著，引領大家往訂了座的餐廳走。邁出校園的隊伍浩浩蕩蕩，從民國三十七年到一〇二年，穿過時間之流，他們哭過，也笑過，他們在異鄉想家，也在異鄉成家，曾經的笑與淚在歷史的巨流裡也許只是一頁，卻是他們的一輩子。

浩浩蕩蕩的隊伍邁開步子，他們數說著往事，教室裡的刻苦學習，宿舍裡的嬉鬧玩笑，午間的陽光將他們的影子壓在腳下。

小時候，他們都玩過踩影子的遊戲，一邊看準對方的影子迅速邁開腳，一邊要守護自己的影子避開對方跨出的步子，看似凌亂其實有意圖的移動，是這遊戲定勝負的方式。

但人生不像遊戲，能夠明定輸贏規則，悠長時光裡，長大的他們早已忘記童年的遊戲，卻發覺這一路大夥形影不離，腳步或遲疑或篤定，或輕巧或沉鬱，從山東一路來到台灣，從豆蔻年華走到歲月垂暮。

太陽落下又升起，月亮缺了又復圓，語燕知道那些離開了，不在了的老師和同學，一直和他們一起，都在這浩浩蕩蕩的隊伍裡。

後記

小時候常聽媽媽講起她隨學校離開家的往事，起初我鬧脾氣時，她哄我：「我離開家時只比你大幾歲。」說著說著，這句話變成了：「我離開家時和現在的你一樣大。」她娓娓說著因為姥姥硬在她行囊中加條被子，在老家的最後一晚她如何和姥姥嘔氣，怎麼都沒想到從此再也沒回家，沒見過姥姥、姥爺。

開放探親時，姥姥和姥爺都已過世，我陪媽媽去大陸看舅舅，在姥姥和姥爺的墳前磕頭，媽媽泣不成聲，我才明白從小家裡每隔一段時間總要照張全家福相片，媽媽以為總有一天可以拿給姥姥、姥爺看，只是那個十二歲離家的小女孩終於還是沒能再與自己的父母團聚。

上個世紀九〇年代一度出現的探親文學，許多感人的作品描寫相隔數十年後的團聚，我的長篇小說《雁行千山》（麥田出版社）以一個外省家庭在台灣的延續為核心，其中也有部分篇章寫到探親，但同樣是一九四九年從大陸來台的父親，終其一生未再返回大陸，二〇一五年溘然長逝，生前已囑我們選擇樹葬台中，又是另一種心情。

我們永遠不知道時代的洪流將帶給我們什麼。

網絡興起後，傳統紙媒式微，我工作多年的報社即將熄燈歇業。年近四十的我思索前路，決定到四川大學攻讀博士學位，那是二〇〇三年，兩岸直航已經討論好多年，卻直到我畢業都沒能實現。從香港轉機耗時又費錢，在成都不能返回台灣時，我多少懂得了一些昔時父母離家後想家的心情，那時正在寫的博士論文題目就是《鄉愁美學——1949年大陸遷台作家的懷鄉文學》，讀著當年遷台作家的作品，走在成都街頭偶有恍若置身台北的錯覺，我深深知道我的思鄉之情，相較於父母那一代，只能是九牛一毛。

二〇一二年，我開始著手寫《南方有嘉木》，依照母親說的學校南移的路線，我去了青島、上海、杭州、湖南和廣州，初稿完成之後，每隔一段時間就又拿出來修改，反覆超過十次。媽媽年紀大了以後，時常講起的幾件往事也多是當年離家之後學校裡發生的事，那些事聽得多了，我早已熟悉，但是《南方有嘉木》是小說，不是傳記，也不是寫史。小說就有不完全真實而為虛構的屬性，好比人物，母親往來親密的同學數量頗多，為了避免人物過於龐雜，所以小說裡的一個人物可能疊合了兩三位同學；又好比流亡學校撤離的路線，從青島坐船到上海，從上海搭火車到杭州，地點和交通方式都很明確，一方面是大城市間的移轉，另一方面或許內戰初期學校獲得的支援相對充裕。但是中間在湖南的這一段，有火車有舟船，母親當時年紀又小，在抵廣州之前，有些移轉的敘述就多剩下同學間相處的情節，還有就是和當地民眾的來往，所以小說裡的陳述我只能盡量吻合事實。

流離動盪中見到的人性善良尤為可貴，在廣州，素昧平生的婦人喊媽媽和同學去家裡吃飯的這一段，就十分令人動容，兵荒馬亂的日子誰的生活都不容易，他們卻還願意分出一份照顧離家在外的孩子。媽媽師範畢業後在台中教小學，曾經賃屋的房東在我出生時還提著自己養的雞到醫院給媽媽補身，而媽媽結婚後早已經搬至別處多年。孤身在外獲得許多善意關懷，媽媽從不曾忘記，也讓她的異鄉生活少了幾分艱辛。

民國五十年，爸爸出版的長篇小說《十姊妹》（大業書店）寫的就是員林實中十個女孩的故事。小學時，我讀完和爸爸說，喜歡《十姊妹》勝過他的另外兩部小說——《黑牛與白蛇》和《廢園舊事》，爸爸笑了，我想大約是相較於魯西南的寨子，《十姊妹》中發生在台灣的校園生活和我的距離比較近吧。

這部小說以《南方有嘉木》為題，詩句寫的原是茶樹，媽媽的同學們幾乎都是小學老師，所謂十年樹木百年樹人，他們這群來自異鄉的孩子成長後，對台灣的教育有付出有貢獻，思鄉之情雖不曾斷，嘉木的故土卻已經在不知不覺間成了腳下這一隅南方溫暖的土地。我寫這部小說，主要是紀錄媽媽那一代的離散歲月，但是這「離散」何嘗不是新「融合」的開端，人類歷史的遷徙帶來悲歡離合，也蘊含文化傳播。小說的最後一章定在民國一〇二年，是山東流亡學校遷至員林的六十週年，十餘年後，媽媽有更多的同學去了另一個世界，而他們的故事永遠有人記得，他們的同學會也將一直舉辦。

國家圖書館出版品預行編目資料

南方有嘉木 / 楊明作 . -- 初版 . -- 臺北市：
聯合文學出版社股份有限公司, 2024.08
256 面 ；14.8×21 公分 . -- （聯合文叢；751）

ISBN 978-986-323-628-3（平裝）

863.57　　113011546

聯合文叢 751

南方有嘉木

作　　者／楊　明
發 行 人／張寶琴
總 編 輯／周昭翡
主　　編／蕭仁豪
資深編輯／林劭璜
編　　輯／劉倍佐
資深美編／戴榮芝
業務部總經理／李文吉
發行助理／詹益炫
財 務 部／趙玉瑩　韋秀英
人事行政組／李懷瑩
版權管理／蕭仁豪
法律顧問／理律法律事務所
陳長文律師、蔣大中律師
出 版 者／聯合文學出版社股份有限公司
地　　址／(110)臺北市基隆路一段 178 號 10 樓
電　　話／(02)27666759 轉 5107
傳　　真／(02)27567914
郵撥帳號／ 17623526 聯合文學出版社股份有限公司
登 記 證／行政院新聞局局版臺業字第 6109 號
網　　址／http://unitas.udngroup.com.tw
E-mail:unitas@udngroup.com.tw
印 刷 廠／沐春行銷創意有限公司
總 經 銷／聯合發行股份有限公司
地　　址／(231)新北市新店區寶橋路235巷6弄6號2樓
電　　話／(02)29178022

出版日期／ 2024年8月　初版
定　　價／ 380 元

NCAF 國|藝|會 本書獲財團法人國家文化藝術基金會創作補助

ISBN 978-986-323-628-3（平裝）　